KB044800

85학번
영수를
아시나요?

85학번 영수를 아시나요?

초판 1쇄 발행 | 2018년 2월 6일

지은이 이정서
발행인 이대식

주간 이지형 **편집** 김화영 나은심 손성원 김자윤
마케팅 배성진 박상준 **관리** 이영혜
디자인 모리스

주소 서울시 종로구 평창길 329(우편번호 03003)
문의전화 02-394-1037(편집) 02-394-1047(마케팅)
팩스 02-394-1029
홈페이지 www.saeumbook.co.kr
전자우편 saeum98@hanmail.net
블로그 blog.naver.com/saeumpub
페이스북 facebook.com/saeumbooks
인스타그램 instagram.com/saeumbooks

발행처 (주)새움출판사
출판등록 1998년 8월 28일(제10-1633호)

ISBN 979-11-87192-80-0 03810

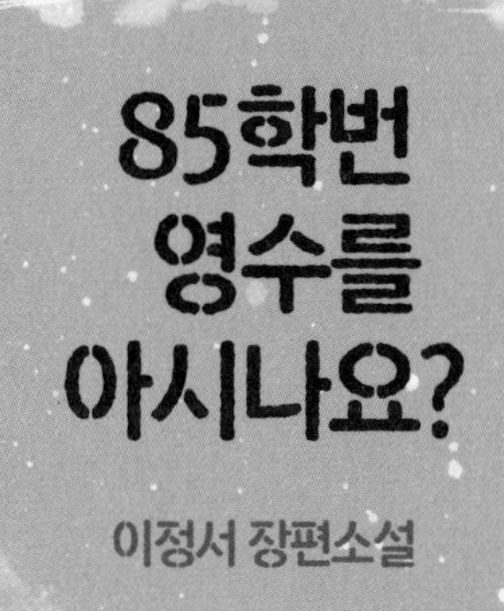

85학번 영수를 아시나요?

이정서 장편소설

새움

당신은 1987년을 어떻게 기억하시나요?

대한민국 국민 누구에게라도 그해는 각별했을 것으로 생각합니다. 그로부터 정확히 30년이 지난, 지난해 2017년이 그러했던 것처럼.

1987년이 절대 권력인 대통령을 우리 손으로 직접 뽑는 민주주의를 쟁취한 해였다면, 2017년은 그 부패한 절대 권력을 우리 손으로 직접 끌어내린 해였던 것입니다.

30년 사이 우리의 민주주의는 그렇게 발전해왔을 터입니다.

2017년, 영화 〈1987〉의 제작과 상영은 그런 점에서 필연적이었을 것입니다.

현직 대통령이 국민들과 함께 영화를 보며 눈물을 흘리는 장면, 그것은 지난 30년 한반도의 시간을 압축해 보여주는 것이었다고 해도 과언이 아닐 것입니다.

1987년 그해, 저는 군에 있었습니다. 따라서 그 역사적인 현장에 함께 설 수 없었습니다. 그것은 항상 부채감으로 남아 있었습니다. 그랬기에 언젠가는 꼭 이 이야기를 하고 싶었고, 그로부터 십여 년이 지난 2000년 초반, 어설프게 세상에 내놓기도 하였습니다.

그리고 다시 20년이 지난 오늘, 잘못 치유해 덧난 상처를 헤집듯 다시 칼을 대지 않을 수 없었습니다.

〈1987〉은 여러모로 잘 만든 영화였습니다. 장면마다의 리얼리티와 드라마틱한 각본, 군더더기 없는 대사에 조연 배우 한 명 한 명의 연기까지, 영화를 만든 모든 이들의 마음이 하나로 뭉쳐진 듯 보였습니다.

비록 영화라는 한정된 장르였지만, 87년으로 상징되는 그 시대를 그 이상 뜨겁고, 공감되게 보여줄 수는 없을 것 같아서, 영화를 보고 나서는 하던 작업을 멈추기도 하였습니다.

그러나, 87년 100만 시민이 명동, 종로, 을지로 거리를 메웠던 그

풍경이 내게 '익숙한 듯 낯선 것'이었다면 같은 시간 다른 공간이었던 저 변방의 풍경 역시 누군가에게는 그럴 거라는 생각이 용기를 내게 만들었습니다.

이 책을 순수했기에 절망해야 했던, 한때의 젊은이들과, 현재의 젊은이들에게 바칩니다.

2018년 1월, 눈 오는 날

이정서

prologue 1987. 6.

그즈음 이 땅에는 이상스러운 시간 계산법이 생겨 있었다. 88서울올림픽 999일 전, 365일 전 하는 식이 그것이었다. 그것은 행정반 실탄함 위나, 내무반 침상 위, 하물며 화장실 벽에도 나붙어 있었을 뿐만 아니라 사열대 뒤편의 풍향계 위에도 붙어 있었다. 그건 아무 생각 없이 보자면 정말 별것 아닐 수 있었지만 조금 생각해보면 그야말로 웃기는 짓이었다. 그때의 이 땅에서 88올림픽이라는 말만큼 무소불위의 권력을 행사하고 있는 것은 없었다. 그것의 준비를 위해서라면 그야말로 바다도 가를 판이었다. 따지고 보면 1981년 바덴바덴인가 하는 곳에서 일본 나고야를 누르고 서울 코레아!가 선언되는 순간부터 정작 1988년 올림픽이 개최되는 순간까지의 7년간을 하루도 잊지 않고 상기시켜주려는 정부의 눈물겨운 노력이 결과인 셈이었지만, 그건 마치 우리가 글자를 읽게 되면서부터 가장 손쉽게 대하게 되었던 '상기하자 6·25'나 '때려잡자 김일성' 같은 원색적인 선언을 닮아 있는 것도 같았다. 그런 무소불위의 올림픽 개최를 따내기까지 한 정권이기에 모든 점에서 자신만만했었는지도 모른다.

휴가병들을 통해 매일매일 묻어오는 사회 소식은 언제나 밝지 못했다. 그러나 그곳의 우리들은 제대 며칠 전을 따지듯 88올림픽 개최일을 손꼽으며 시간을 죽이고 있었다. 올림픽이 성공적으로 열리고 못 열리고의 문제가 아니었다. 어쨌든 그곳에서의 시간 역시 그만큼 흐른 뒤의 일일 테니까.

그럴 즈음이었다. 하치우가 그의 친구 문제로 보안대에 불려 갔다 온 지도 얼마 안 되는 시점이기도 했다.

우리는 내무반 침상에 앉아 아주 이상한 광경을 보게 되었다. 이전부터 대통령 직선제를 중심으로 한 개헌을 요구하는 국민들의 목소리가 극에 달해 있다는 이야기는 바람을 타고 구름에 실려 들려오고 있었다. 그러나 그런 요구들은 이른바 '안정과 국가 질서가 요구되는 시기로 우선 올림픽을 성공적으로 치러야 하고 그다음에 다시 정치적 변혁에 대해 논할 수 있다'는 현 대통령의 확고한 의지 표현으로 묻혀버릴 것처럼 보였고, 이 땅의 정치사가 언제나 그러했듯 그럼 또 그렇게 되려니 많은 사람들이 생각하고 있었을 터였다.

그런데 그날, 많은 병사들은 자신들의 눈과 귀를 의심하지 않을 수 없는 광경을 보게 된 것이다. 정부 여당의 대표이면서 현 대통령의 육사 동기이기도 한, 한 군인 출신 정치인이 국민들의 그 모든 요구사항을 들어주겠다고 나선 것이다.

국민에 의한 대통령 직선, 모든 정치범들의 석방, DJ의 정치적 복권 등등이 그것이었다. 그는 아주 자신 있게 행동했고, 인자한 웃음을 실어 한마디를 덧붙였다.

「한국은 이제 민주주의를 할 만큼 성숙해 있고, 저는 민주주의를 위해 진력하겠습니다.」

매주 수요일이면 있던 정신교육 시간이면 현재의 군통수권자이기도 한 대통령이 헌법은 지켜져야 한다는 의지를 확고히 했으므로 나라의 안위를 위해 군은 조금도 동요됨이 없이 국가 안보에만 충실해야 할 것이라는 따위의 맹랑한 교육이 계속해서 있어오던 어느 날의 오전이었으므로 그건 정말이지 뜻밖의 '사건'이었다.

특별 방송이 있었던 그날 내무반을 나서면서 나는 하치우에게 서울 하늘이 완전히 최루가스로 뒤덮여 있었다는 말이 과장이 아니었던가 보다고, 기분 좋은 목소리로 은근하게 말했다.

「이젠 끝난 걸까요?」

그러나 하치우의 생각은 달랐다. 이전에도 웬만해서는 본색을 드러내지 않는 편이었지만 보안대 사건 이후 훨씬 더 말이 없어졌던 그는 그날만큼은 많은 이야기를 했다. 그곳에서는 전혀 어울리지 않을 발언들을 우리는 조금 길게 나눌 수 있었는데, 방송이 끝남과 동시에 대대간부 회의가 있다는 통보가 있었고 간부들 모두는 대대본부로 불려 올라가버렸기에 가능했던 것이다. 하치우는 어느 순간 말했다.

「이게 우리가 가진 근본적인 한계일 거야.」

난 처음에 그가 하는 말을 이해하기조차 힘들었다.

「항쟁의 목표는 훨씬 근본적인 데 있었어. 직선제 개헌이 끝이 아니었다는 얘기지. 얼굴만 바뀌고 그 몸뚱이는 그대로인 것 같은데, 그걸 간과하고 있는 것 같아.」

하치우의 그때 논리에 나는 솔직히 동의할 수 없었다. 상규와도 항상 부딪쳐왔던, 급진적이고 조급한 기대에 제동을 걸던 때와 비슷한 심정이었을 것이다. 이곳에 들어앉아 사회의 저항이 어느 정도 수준이었고, 목표라는 것이 무슨 수학적으로 산술 가능한 수준으로 정해져 있었던 것도 아닐 터인데, 비록 에둘러 말하긴 했지만 마침내 정권은 항복을 선언했고, 대통령 직선제까지 이루어낸 마당이니, 얻을 만큼 얻은 게 아니겠느냐는 게 내 생각이었다.

어린 나에게 아버진 말했었다. 남과 다른 생각이라고 가슴에 묻어두고 있는 것만이 미덕이 아니다. 자신의 생각이 잘못됐을 수 있다고 해도 의견을 내놓을 수 있어야 한다. 그 생각의 옳고 그름은 타인과 견주어볼 때라야만 알 수 있는 것이기 때문이다. 그게 바로 민주라는 거다. 그러나, 아버지에겐 죄송한 일이었지만 그날 하치우에게만은 그러고 싶지 않았다. 막간의 시간을 이용해 족구나 한 게임 하자고 편을 가르네, 축구공을 꺼내 오네, 땅에 금을 긋네 하며 수선스럽던 포대사전砲隊舍前의 한 귀퉁이 벤치에 앉아 그렇듯 어울리지 않는 대화를 나누던 끝에 하치우가 마지막으로 말했다.

「역시 입대를 하는 게 아니었어. 너무 많은 시간을 허비해버렸어.」

그런 하치우도 곧이어 떠났다. 그때쯤의 하치우는 정권이 취한 유화책의 일환이었던 제적생들에 대한 선별 복학 조치로 원한다면 복학이 가능했지만 학교로는 돌아가지 않을 작정이라고 말했다. 이제 되돌아갈 사회에 특별한 거처가 정해져 있을 리 없던 그는 부산의 집 전화번호를 남겨주긴 했지만 그곳으로는 연락이 되지 않을 것이라는 말도 덧붙여 남기고 떠났다.

그렇게 하치우를 보내고 난 얼마 후, 전혀 생각조차 하지 않았던 그가 부대로 돌아왔다.

2000. 1.

새로운 년대가 시작된 오늘에야 비로소, 가슴 저 깊은 곳에 묻어 버렸던 어두웠던 한 시절을 이야기하려 한다. 어느덧 십수 년의 세월이 흘렀고 이제 나는 삼십대 중반의 나이로 한 가정의 가장이 되어 있다. 한 아이의 아빠로, 한 출판사의 사장으로 그래도 나름 안정되고 바쁜 삶을 살고 있는 내가 뒤늦게 이런 이야기를 꺼내놓게 된 까닭이 무엇일까?

그날, 정 기자의 입을 통해 상규의 근황을 듣고 나는 놀랐다. 그 말을 전하는 정 기자의 표정은 무심했고 그 표정만큼이나 상규의 삶은 조금도 특별날 건 없었다.

적어도 그때까지 나는 정 기자가 그 친구를 알고 있을 거라는 생각을 한 번도 해보지 못했다. 한 시사 월간지의 기자로 꽤 필명을 얻고 있는 정의환은 사회에서 만나 알게 된 사이였다. 그가 나와 같은 대학을 나왔다는 사실은 뒤늦게 안 일이었다. 반면 상규는 내 입학 동기였지만 중간에 제적을 당했으니 엄밀히 동창도 아닌 셈이었다. 내 놀라움은 그렇듯 현재의 그의 삶이 아니라 배상규라는 이름을 내가 의식적으로 외면하고 살았었구나 하는 깨달음에서 비롯되었던 것일 터이다.

때는 총선을 앞두고 사회 일각의 시민단체들이 자격 없는 정치인들을 국회에서 퇴출시키자며, '국회의원 낙선 낙천 운동'을 벌이고 있는 시기였다. 한마디로 사회는 온통 정치라는 용광로 속에 녹아들고 있는 시대였다. 그런 와중에 여러 가지 이유로, 많은 사람들로부터 고소 고발을 당해 경찰의 소환을 받은 국회의원이 그것이 '정치 탄압'이라고 주장하며, 강제 구인하려 출두한 경찰과 대치하는 모습을 TV가 생중계하다시피 하는 시절이었다.

그런 시절이었기에 우리 같은 연배에 하는 일도 그러그러한 사람들이 모여 앉아 입도마에 올리는 술안주는 당연히 그런 것들이었다.

나는 어제 함께 TV를 보던 아내 지영이, 학생들을 가르치는 선생이기도 한 그녀가 검찰과 대치하고 있는 그 의원을 보면서 저 사람이 누구냐고 물었을 때 솔직히 조금 당황스러웠다. 누군가의 입장에서 보면 세상의 많은 사람들이 다 알고 있는 듯해도 사실은 아주 일부일 수도 있다는 것을 알아챌 때의 당혹감, 아마 그런 것이었을 터이다. 나는 그자가 한때 안기부에 있으면서 숱한 학생들을 '빨갱이' 혐의를 씌워 잡아 가두고 고문하던 전력이 있던 자라는 이야기를 하면서도 실상 내가 직접 겪지도 않았으면서 이래도 되나 싶어져서 위축되기도 하였던 것이다. 화면만으로 보자면 그 지역 사람들에게 그는 나라를 위해 힘써온 영웅 같은 인물로 지금 반대 세력에 의해 정치적 탄압을 받고 있다고 굳게 믿고 있는 셈이기도 했으니 말이다.

그런 이야기 끝에 정 기자가 당연히 내가 상규를 알고 있을 거라는 전제로 이야기를 시작했던 것이다.

「글쎄 말이야. 오늘 우연히 상규를 만났는데, 그 친구도 아주 돌아버리겠다고 하더라.」

「……?」

「개네들한테 당한 게 얼만데 요즘 사람들이 너무 몰라준다는 거야. 그들에게 무슨 원한을 갚자는 것도 아니고 다만 그런 자들이 오히려 지금, 탄압받는 투사처럼 대접받는 꼴을 보는 게 너무 힘들고 억울하다는 거지. 그래서 그런 자를 욕하면 주변에서 오히려 대학 때 민주화 운동한 게 무슨 훈장이나 되는 줄 아냐며 자기를 속좁고 옹졸한 놈으로 보더라는 거야.」

상규의 이름이 등장한 이후 나도 모르는 사이 술잔을 비우는 속도가 빨라졌고, 내 머릿속은 정 기자의 다음 말들을 듣는 둥 마는 둥 젊은 날 한때의 기억을 좇아 헤매고 있었다. 내 변화를 눈치챈 정 기자가 자연스럽게 내게 무슨 생각이 그리 깊냐고 물었을 때 나는 아마 묻지도 않은 내 얘기를 꺼내놓았던 모양이었다.

그날 정확히 어디서 어디까지 술 취한 내 기억을 빌려 정 기자에게 주정하듯 해댔는지 모르겠지만 그가 재밌다, 흥미롭다, 그때 사람들하고는 연락이 돼? 하는 관심을 표해왔던 것을 기억할 수 있었다.

그리고 헤어져 이틀이 지나서였는데 정 기자가 전화를 걸어와서는 뜻밖의 제안을 해왔던 것이다.

「알다시피 우리 잡지에 '가슴속에 묻어둔 이야기'라는 코너가 있잖아. 이번에 그거 이 사장이 좀 맡아줄래? 편집회의에서 결정 난 상황이야.」

「무슨 소리야? 뜬금없이.」

「그저께 이 사장이 들려준 이야기, 그게 지금 시점에선 꼭 필요한 이야기라고 생각했거든. 이건 친구로서 하는 부탁인데, 한번 써 주라. 부담 갖지 말고 그냥 편하게 할 말 하면 되지 않겠어?」

물론 상대가 정 기자였음에도 나는 길게 생각해볼 필요도 없이 그 원고 청탁을 딱 잘라 거절했다.

「뜬금없이 무슨 원고야, 나 무슨 이야길 했는지 기억도 하나 안 나. 말도 안 되는 소리 마.」

그러나 정 기자도 그렇게 쉽게 단념할 생각이었다면 아마 시작도 하지 않았을 터이긴 했다.

「무조건 싫다 그러지 말고 한번 생각해봐. 아직 시간 있으니. 끊는다.」

그랬는데, 그날 오후 공교롭게도 또 나는 전혀 뜻밖의 전화 한 통을 받게 되었다.

「나 기억할지 모르겠는데……?」

혹여 자신이 잘못 알고 있는지도 모른다는, 자신이 서지 않는 목소리로 그렇게 물어왔을 때까지만 해도 물론 나는 그의 목소리를 기억해낼 수 없었다. 그는 자신의 이름을 밝히기에 앞서 혹시 87년도 어름에 강원도 문혜리에서 군 생활을 하지 않았느냐는 확인부터 했다. 내가 그렇다고 대답하자 그제야 그는 목소리에 한껏 반가움을 묻혀 소리치듯 말했다.

「나, 김호근이여, 호근이, 기억하제!」

김.호.근. 그 이름을 되뇌며 나는 차츰 그의 생김을 떠올릴 수 있었다. 남도의 억양이 심하게 묻어나던 그의 어투까지. 십수 년이란 시간의 벽은 실상 그리 높지 않았던 모양이다. 그도 그럴 것이 우리는 3년이라는 시간을 한 이불을 덮고 한솥밥을 먹고 지낸 사이가 아니었던가.

그는 그간의 내 안부를 물어왔고, 나는 대학을 졸업하고 직장 생활을 하다 지금은 독립해서 작은 사무실을 낸 지는 얼마 되지 않는다고 말했다.

「한마디로 사장이구나? 요즘 좀 풀렸다구 하지만 아직 IMF 중인데, 한창 힘들 때 시작했겠구나. 그래 사업은 어떻고?」

그의 물음에 나는 그럭저럭 꾸려갈 만하다고 허투루 대답했다. 그는 자신은 지난해까지 대기업에서 자동차를 팔았는데 IMF 바람에 정리해고 당한 뒤 지금은 중고차 중개상과 보험회사 소장직을 겸하고 있다고 말했다. 어떻게 내 연락처를 알았냐는 물음에 그는 신문에 실린 내 글을 읽었노라고 말했다.

「정말 반갑더라. 동명이인인가 싶기도 했지만 사진 보니까 머리만 길었지 하나도 안 변했더라. 하도 반가워서 신문사를 통해 바로 연락처는 알아두었는데 차일피일하다 지금까지 왔구마. 미안하네.」

무엇이 미안하다는 것인지 모를 일이었지만 어쨌든 신문의 힘에 나는 혀를 내두르지 않을 수 없었다. 이제는 기억조차 희미하지만 언젠가 나는 한 일간지의 문화 칼럼을 한 꼭지 쓴 적이 있었다. 출판 일을 하다 보니 신문사 문화부 기자들과 알고 지내게 되고 그러다 그중 누군가로부터 청탁을 받고 반 강요 끝에 쓴 글이었다. 김호근은 그 글을 본 모양이었다. 언론매체의 파급력을 다시 한번 확인한 셈이었는데 지금은 그 내용조차 흐릿하지만 이후 나는 십수 명으로부터 그 글로 인한 전화와 편지를 받았었다. 그 가운데는 고등학교 때의 은사까지 끼어 있을 정도였다. 이후 나는 외부로 글을 써야 할 경우에는 필명을 사용했고 그게 편했다. 과거의 나라는 사람과 지금 그 글을 쓰고 있는 사람은 엄연히 다르다는 생각을 은연중 하고 있기도 했다.

그렇게 시작한 김호근과의 전화 통화는 꽤 긴 시간 동안 이어졌다. 특별히 가슴에 담아두지도 않을 서로의 근황에 심드렁해져 통화를 마칠 즈음에 이르러 그는 마침내 내게 전화를 걸게 된 특별한 목적이 있었음을 상기시키기라도 하듯 목소리를 낮추어 말했다.

「그때 생각 안 나나? 그 싸릿골 골짜기 사람들이 나는 지금도 억수 그립두만.」

나는 결국 지난 주말 오후 그곳을 다녀왔다. 처가에 맡겨둔 아이를 만나러 가는 일도 포기한 채 지영에게 바람이라도 쐬고 오자는 제안으로 집을 나설 때까지만 해도 확실한 결정을 내린 것은 아니었다. 결국 서울을 벗어나면서 그래 한번 가보자, 하는 생각을 굳혔고 지영에게 제의하듯 목적지를 밝혔다.

「고석정 한 번도 못 가봤지? 한번 가볼래?」

그렇게 해서 포천, 운천을 지나 철원으로 들어섰고, 내가 한때 3년이라는 시간을 보냈던 문혜리 벌판과 신술리 골짝을 둘러보면서 나는 가끔씩 차를 세우고 이제는 많이 변해버린 훈련장이며 행군로, 작업장 들을 묵연히 바라보곤 했다.

왜 그랬을까. 정작 나는 내가 그 3년이란 시간의 전부를 보내다시피 한 부대 앞을 지나면서는 힘주어 액셀러레이터를 밟았고 흙먼지를 일으키며 순식간에 부대 위병소를 지나쳐버렸다. 그러는 내가 이상해 보였을까, 지영은 그때쯤 들어, 내게 의아한 얼굴로 물어왔다.

「여기가 당신 군대 생활하던 곳이야? 왜 갑자기 이곳은…….」

나는 망설였다. 요 며칠 사이 내게 벌어진 일들을 그녀에게 들려준다고 해서, 그리하여 갑자기 여기가 와보고 싶어졌다고 말한다 해서 지금의 내 기분을 제대로 전달할 수 있을 것 같지 않았다. 나는 대답을 회피했다.

「당신 군복 입은 모습 잘 상상이 안 돼. 군대 생활은 어땠어?」

「글쎄 나도 똑같았지 뭘. 남들처럼 춥고 배고프고 엄마도 보고 싶고, 두고 온 여자친구도 그리웠고.」

나는 웃으며 농담처럼 말했다.

「여자친구?」

「그냥 그랬다는 얘기야.」

「……당신 오늘 좀 이상한데. 나한테 할 얘기 있는 사람 같아.」

「그렇지 않아. 한마디로 설명하기는 어려운데 그냥, 이곳에 오면 누군가가 만나질 것 같았어.」

「누구?」

「……글쎄.」

이윽고 나는 침묵에 빠져들었고 운전에 열중했다. 차가 부대 정문을 지나쳐 달린 지 얼마나 지났을까, 차츰 인가가 있는 거리가 가까워오면서 나는 비로소 전혀 의외의 얼굴 하나를 만나곤 놀랐다.

— 정음이에요, 훈민정음의 정음이죠. 민정음.

나는 비로소 지영을 돌아봤고, 웃으며 당신이 그렇게 듣고 싶어하던 옛날 여자 얘기 하나 해줄까, 했다. 그녀는 흥미롭다는 듯 눈을 빛내며 고개를 끄덕였고, 나는 급작스레 떠오른 정음에 관한 이야기를 시작했다.

외진 군부대 주변에 형성된 마을 대부분이 그렇듯 그 거리는 술집과 다방 여인숙 등이 낮은 키를 맞대고 열 지어 모인 곳이었다. 백여 미터 남짓의 짧은 행길이 끝나면 다시 논과 밭이 이어지고 야트막한 산들이 끝 간 데 없이 펼쳐진 그 거리는 그 부대에 근무하는 병사들이라면 어쩔 수 없이 거쳐 가야 하는 곳이기도 했다. 그날, 휴가를 마치고 그 거리에 도착했을 때, 내게는 서너 시간의 여유가 남아 있었다. 휴가를 나왔던 사병들은 대부분 그 시간을 내무반에서 필요한 물품들을 사거나 휴가의 마지막을 장식하듯 한잔의 술이라도 더 마시고 들어가겠다는 의지로 끝까지 술잔을 기울이며 복귀 시간을 가늠하는 것이 보통이었다. 그런 이유와는 조금 다르게 나는 서울에 남아 있을 특별한 이유도 없었기에 일찌감치 귀대길에 올랐고 자연스럽게 시간이 남게 된 것이다. 남은 그 시간을 어떻게 풀어버려야 할지 난감해하다 그 다방의 입간판을 보게 된 것은 우연이었다.

밖에서 보던 것과는 달리 다방 안은 꽤 넓었다. 별다른 인테리어가 되어 있지 않은 다방 안엔 열서너 개의 테이블이 덩그러니 놓여 있었고, 한쪽 벽면에 TV 한 대가 위태롭게 매달려 있었다. 홀의 중간쯤에 조악한 수족관 하나가 있었는데 수족관의 이쪽 편에는 석유난로가 놓여 있어 그 주위로 몇 명의 여자가 둘러앉아 얘기꽃을 피우고 있었다. 텅 빈 홀의 자리 하나를 차지해 앉자 아가씨 한 명이 주문을 받으러 왔고 나는 커피를 시켰다. 보아주는 사람 한 명 없는 TV에서는 눈에 익은 홍콩의 액션배우가 경찰들을 향해 총질을 하고 있었다. 무심히 그쪽에 시선을 박고 있는 동안 아가씨가 커피를 날라 왔다. 내게 잔을 내려준 그녀는 나로부터 한 칸 건너 옆자리에 앉아서는 나와 같은 자세로 물끄러미 TV를 바라보기 시작했다.

그리고 얼마가 지났을까. 그것은 아마도 손님을 배려하려는 그녀

나름의 방식인 듯했지만 나는 그런 그녀에 대해 호기심이 일었다. 비록 그런 분위기엔 익숙하지 않은 나였지만 적어도 그런 거리의 다방에서 휴가병이 혼자 테이블을 차지했을 때, 차 한 잔이라도 더 팔기 위해 필요 이상의 친절을 가장하며 옆자리를 차지하고 앉는 게 상식이라는 것 정도는 귀동냥하고 있었다. 바로 곁에 자리를 차지하고 앉은 것도 아니고 그렇다고 아주 떠나버린 것도 아닌 모호한 위치에서 잠자코 앉아 있는 그녀에게 나는 잠시 후 말을 걸었다.

「아가씨도 한 잔 하죠.」

나는 무심한 듯 건조하게 말했건만 그녀는 당황하는 표정이 역력했다.

「저두요?」

여자를 돌아보며 나는 오히려 그런 권유를 한 내가 민망해져버리고 말았다. 잠시 주춤거리던 여자는 고맙다는 말을 남기고는 주방 쪽을 향해 갔다. 잠시 후 돌아온 그녀의 손에는 잔의 절반쯤 되는 양의 블랙커피가 들려져 있었다.

그녀는 이번엔 어쩔 수 없었던지 내 옆자리에 앉았다. 커피잔은 여전히 들려진 채였다. 그리고 또 얼마가 지났을까.

그때 그녀와 나눈 이야기는 정확히 기억나지 않는다. 주말이나 되어야 그나마 활기를 띠는 군부대 주변 외촌 거리의 다방에서 무료함을 쫓고 있던 여자와, 휴가를 마치고 귀대하기 앞서 남은 시간을 죽이기 위해 찾아든 병사 사이에서 나누어질 수 있는 이야기는 누구나 예상할 수 있는 그저 그런 시시껍적한 이야기였을 것이다.

어디서부터 이야기가 풀리고 서로에 대해 호기심을 갖게 되었는지를 설명하기는 어렵다. 그러나 어느 순간 나는 용기를 내어 그녀에게 나가서 술이라도 한잔할 수 있겠냐고 물었다. 그런 나를 잠깐 난감한 표정으로 물끄러미 바라보던 그녀는 이내 고개를 끄덕였다. 나는 나가서 자리를 잡고 커피를 시키겠다고 하고 자리에서 일어섰다.

내가 계산대에 섰을 때, 잔을 치우던 그녀는 무슨 생각이 났던지 내게 와서는 어디로 가실 거냐고 물었다. 나는 다방 문을 열고는 바로 길 건너편에 보이는 허름한 '실비집'을 가리켰다. 그러자 그녀는 다시 한번 나를 쳐다보고는 말했다.

「커피는 시키지 마세요.」

우리는 그날 참으로 많은 술을 마셨다. 내 생애 한자리에서 그 짧은 시간에 그렇게 많은 술병을 비운 적이 있었던가. 그러나 갈수록 나는 정신이 또렷해져 가고 있었고 그녀는 취해 가고 있었다.

「제 이름은 민정음이에요. 훈민정음의 정음이죠.」

정음은 이 거리에 온 지 오늘이 5일째라고 말했다. 입대한 남자친구를 찾아왔다고도 말했다. 그 말을 하면서 그녀는 자조적으로 웃었는데, 정음의 그 사연이 내게 삼류 소설이나 멜로물처럼 유치하게 들리지 않았다는 걸 어떻게 설명해야 할까. 어머니의 죽음, 아버지의 재혼, 어머니라고 부르기엔 너무 젊은 계모 밑에서의 삶. 그러다 만났던 한 남자. 동거 끝에 이별. 포기하듯 내팽개쳤던 삶…….

위로가 될 듯싶어 나도 그녀에게 한마디했었던가.

「사람들은 누구나 나름의 슬픔을 지니고 살죠. 비록 그 빛깔은 다르다 해도 말입니다. 내게도 여자친구가 하나 있었는데 말입니다. 그 친구는 누가 봐도 참 밝고 명랑한 아이였죠. 그 친구는 정말 어둠 속에서도 빛이 날 만큼 예뻤습니다. 언제나 남자애들의 시선을 매달고 다녀야 했을 정도죠. 그런 그 친구에게도 불행은 있었습니다. 경제적으로 너무나 어려웠던 그 친구는 학비를 마련하기 위해 하루도 아르바이트를 걸러서도 안 되었죠. 그 친군 그러고도 매일 저녁 야학에 나가 다른 학생들을 가르쳤습니다. 난 그 친구를 이해할 수 없었죠. 어렵게 다니는 학교인데, 아르바이트까지 하면서 남은 시간 자기 공부하기도 바쁜데 또 무슨 야학인가 하고 말입니다. 남을 위하는 일도 자신을 세우고 나서 해야 빛이 나는 거라고, 타인을 위한 봉사는 나중에 해도 되는 거 아니냐고 내가 그랬더니, 그 애가 그러더군요. 자기에게 무슨 사회를 위해 무얼 하겠다는 따위 거창한 의식이 있어서 그러는 거 아니라구. 그냥 자신을 포기하지 않기 위해 매달리고 있을 뿐이라고, 그들을 통해 오히려 자신의 불행을 위안받고 있는 거라고, 슬픔도 힘이 된다는 말도 있잖아요, 그 친구가 그랬습니다. 그러니 슬프면, 두려워 말고 우선 맘껏 슬퍼하세요.」

차는 마침내 그 거리로 들어서고 있었다. 거리는 그때나 지금이나 크게 변한 것은 없었다. '서울여관'이 있던 그 자리에 이제는 페인트색이 바래 같은 '서울여관'이 있었고, 흙먼지를 피워 올리던 시외버스터미널 자리엔 시멘트가 깔리고 매점이 들어선 똑같은 터미널이 서 있었다.

「커피 한 잔 하고 갈까?」

그 거리를 들어서면서 나는 초입에 있었던 그 다방이 바로 그 자리에 서 있는 것을 보았던 것이다. 나는 차를 유턴해 다방 앞에 주차시키고 지영을 이끌고 다방으로 들어섰다.

「그 다방이야?」

지영의 물음에 나는 고개를 끄덕였다. 그녀는 놀란 눈으로 홀 안을 둘러봤다. 테이블과 의자가 바뀌고 실내의 색조나 조명은 달라 있었지만 여전히 수족관 안에는 오색의 금붕어가 아닌 그런 곳에서나 만날 수 있는 손톱만 한 은빛 빙어떼들이 노닐고 있었고 그 위치 그 크기의 TV에서는 프로농구가 한창이었다.

주인 마담으로 보이는 마흔 남짓한 여자가 차를 날라다 주고 간 뒤 나는 아내에게 정음의 뒷이야기를 했다. 아내도 그렇게 쉽사리 끝날 얘기가 아니었다는 것을 알고 있었다는 얼굴로 턱을 괴고 나를 바라보았다.

부대로 복귀했던 나는 얼마간 시간이 지나 그 거리를 다시 들를 기회가 있었다. 가끔씩 군용트럭을 타고 영내를 벗어나 해야 할 사역이 있곤 했었던 것이다. 그 거리를 지나칠 즈음 나는 선탑자인 김하사에게 잠시 차를 세워줄 것을 부탁했고 차에서 뛰어내려 그 다방에 들렀었다. 홀에 앉았던 두 명의 여자가 그 시간에 다방으로 들어서는 나를 호기심 가득한 시선으로 쳐다보았지만 그중엔 정음이 끼어 있지 않았다. 나는 그냥 돌아설까 하다가 주인을 찾아 민정음이라는 여자에 대해 물었다. 주인댁은 처음 그 이름을 알지 못한다고 말했다. 내가 인상착의를 설명하고 한때 이곳에서 일한 적이 있는 아가씨라고 설명하자, 그제야 반색을 하며 아는 체를 했다.

「응, 그 민 양을 말하는구나? 집으로 돌아간다고 떠났는데. 언제였더라, 꽤 됐는데. 하루는 배달 나갔다가 술 마시고 잔뜩 늦게 들어와서 뭐라 그랬더니, 이제 자기는 떠나겠다고 하더라구. 내가 뭐라 그래서가 아니라 사람을 찾아서 떠나는 거라면서…… 그 사람하고 술을 마시고 온 눈치라 잡아도 소용없겠다는 생각이 들어서 그러라 그랬지. 뭐 나야 가는 사람 안 잡고 오는 사람 안 막는 주의니까.」

나는 물론 주인댁에게 정음이 떠난 정확한 날짜나 찾아왔던 남자의 인상착의 따위를 묻는 유치함을 범하지는 않았다.

내가 아내에게 들려준 민정음이라는 여자에 대한 이야기는 거기까지가 전부였다. 아내에게 정음의 이야기를 들려주며 나는 그 시간 이후의 평범하지 않았던 일들이 마치 어제 일인 것처럼 떠올랐지만 거기까지만 말했다. 그날, 내가 귀대 시간을 어겨 포대원 전원이 점호를 취하지 못하고 나를 기다리고 있었다는 이야기며 그로 인해 고참병과 주먹다짐까지 있었다는 돌아보면 웃지 못할 이야기는 물론, 여자의 몸에 대해 실질적으로 체험한 첫 경험에 대해서도 할 수 없었다. 이야기를 끝내자 아내는 고개를 끄덕이며 물었다.

「궁금하지 않아? 어떻게 사는지?」

나는 웃으며 장난스레 대답했다.

「아주 많이 궁금해, 많이 보고 싶기도 하고.」

그녀는 내 팔뚝을 장난스럽게 꼬집고는 신기하다는 듯 홀 안을 다시 한번 둘러보기 시작했다.

다방을 나섰을 때, 차츰 내려앉기 시작한 어둠이 군부대 쪽 고갯마루를 칙칙하게 덮어버리고 있었다. 탈색된 서울여관은 일찌감치 전등불을 밝히고 있었고 군복 차림의 몇몇 사내들이 오가는 모습도 보였다.

그 거리를 빠져나오면서 나는 마지막 보았던 정음을 떠올려보았지만 희미한 실루엣으로조차 기억되지 않았다.

먼저 고백하자면, 나는 그곳을 떠나 학교로 돌아간 몇 해 뒤 우연히 지하철 안에서 민정음을 만났다. 아니 보았다. 학교로 향하는 지하철 안으로 그녀가 들어선 것은 종각역에서였다. 단발머리였던 그녀의 머리는 커트 쳐 있었고, 가을의 끝물이던 당시 그 거리에서 걸치고 있었던 스웨터 차림 대신 옅은 녹색의 반팔 원피스 차림이었지만 나는 그녀를 알아볼 수 있었다. 나는 자리에 앉아 있었고 뒤늦게 탄 그녀는 내 앞의 두 자리 건너에 매달려 있는 팔걸이를 잡고 서서 정면을 응시하고 있었다. 그제야 나는 그녀의 사는 곳이 종암동 어디였다고 말했던 것을 기억해낼 수 있었다. 혹시라도 그녀가 나를 알아볼까 싶어 그녀를 응시했지만 그녀는 내 쪽으로 고개를 돌리지 않았다. 지하철이 제기역에 멈추자 그녀는 읽던 책을 덮고는 사람들 틈에 섞여 지하철을 빠져나갔다. 나는 끝내 돌아서 가는 그녀를 불러 세우지 않았다. 그녀의 어디에서도 한때 군부대 주변 허름한 다방에서 찻잔을 나르던 흔적이 느껴지는 구석은 없었다.

차내엔 언제 틀었는지 음악이 흐르고 있었다. 이정현의 노래였다. 바꿔 바꿔 모든 걸 다 바꿔. '쉰세대가 되지 않고 요즘 애들을 이해하기 위해서는 듣기라도 해야 한다'며 지영이 굳이 사다 넣어 둔 최신 가요 테이프였다. 테크노 뮤직이라나?

「이제 말해봐, 굳이 날 이곳까지 데려온 이유가 뭐야? 정말 정음이란 그 여자 이야기가 하고 싶었던 거야?」

「…….」

「알았어. 더 이상 묻지 않을게. 뭐든 당신 맘대로 해, 그러나 너무 심각하게 생각하지는 말고. 난 당신을 믿으니까.」

언제나 그렇듯 나는 아무 말도 하지 않았다. 그런 지영이 한편 고마웠음은 물론이었다. 그러나 아내인 지영은 모를 것이었다.

10년이 지나서야 다시 찾은 이 땅에서 내가 만나고 가는 것은 이제는 유흥지로 변해버린 흙먼지 날리던 훈련장이나 더욱 견고해진 정문 밑에 경계총을 하고 있는 초병들의 앳된 얼굴들만은 아니었다. 그렇다고 민정음이라는 한 여자에 대한 기억만을 찾아가는 것은 더욱이 아니었다. 오히려 내가 만나고 가는 것들은 약간의 시간

차를 두고 만났다 헤어졌지만 참으로 열심히 그 시대를 살아냈던 수많은 전우들이었고 그때의 흙때 절은 땀과 눈물이었다. 그렇기에 아내에게 들려주고 싶었던 이야기는 결코 그렇듯 한 여자에 대한 감상 섞인 추억 따위로 대치될 수 있는 것은 더욱이 아니었다. 그녀에게, 세상 사람들에게 들려주고 싶었으나 하지 못했던 이야기들, 이제 그들은 '사라진 악령'으로 천대받을 수 있기까지 하는 시대에 우리가 산다는 것. 이제 그들의 얘기는 누구나 지어낼 수 있는 그럴싸한 사랑 얘기보다 진부하고 따분한 수준으로 취급받는 시대에 우리가 살고 있다는 것을 어떻게 설명해야 할까?

만약 내가 정의환의 잡지를 통해 묻어둔 내 가슴속의 이야기를 털어놓기로 마음먹는다면 어느 지점에서 누구에 대한 이야기로부터 시작할 수 있을까?

어둠을 헤치고 달려 나가고 있는 차 안에서 나는 얼핏 우리를 들여다보고 있는 눈빛 하나를 느꼈다. 어느새 음악은 조성모의 〈가시나무〉로 바뀌어 있었고 나는 좌우의 사이드미러를 살폈지만 그 속에는 짙은 어둠만이 들어앉아 있을 뿐이었다. 지나는 차도, 인적도 끊긴 산길, 나는 갑자기 눈꼬리가 뜨거워지는 것을 느꼈다.

참으로 오랜만에 느껴보는 뜨거움이었다.

아내의 놀란 목소리가 들려왔다.

「당신 울어?」

1984. 10.

그 시절의 내가 '입영희망원'을 내면서까지 쫓기듯 입대를 서둘렀던 데에는 다른 선택의 여지가 없어서였다. 대학 생활 1년 하고도 한 학기를 끝내고 났을 때, 내게 남은 것은 5학점이 빵구 난 성적표와 급작스러운 아버지의 죽음 뒤의 상실감이 전부였다. 일상화된 최루탄과 깨어진 보도블록의 시대. 도서관에 들어앉아 공부를 한다는 것이 그렇게 시대를 비켜가려는 당사자나, 타인에게 모두 욕돼 보이던 시대에 나는 어느 순간 질려 있기도 했다. 나는 한여름의 뙤약볕 밑에서 아무도 모르게 신체검사를 받았고 두 달 후 입영통지서를 받았다. 아버지마저 떠나버린 마당에 누구와의 상의도 결국엔 내 스스로의 판단으로 귀착된다는 사실을 나는 일찌감치 깨닫고 있었던 것이다. 말 한마디 없이 덜컥 휴학계를 던져버린 나를 두고 수연을 비롯한 친구들은 분노했지만 그것이 내 결정을 흔들리게 하지는 못했음은 물론이었다.

그해 가을, 첫 집결지였던 보충대에서 나는 130(나중에 알게 되었지만 그건 포병 주특기였다)으로 분류되어 사단 훈련소로 실려 갔다. 군인이 된다는 일이 무엇인지를 나는 그 훈련소에서의 첫날 밤에 모조리 배워버린 느낌이었다.

이곳을 찾아주신 여러분들을 환영한다. 개새끼들아! 0.5초 내로 하차한다. 실시! 수송차량이 훈련소 연병장에 도착했을 때 문을 열고 튀어 올라온 기간병은 가히 상상 속에서나 만날 수 있었던 저승사자들을 연상시켰다. 놀란 장정들이 우르르 자기 짐을 챙겨 좁은 문 앞으로 몰리고, 그 혼란에 그래도 점잖게 순서를 기다릴라치면 욕설이 터져 나오고 군홧발이 날아들었다. 뒤에 개자식들 피크닉 나왔나! 스물, 스물하나, 스물둘, 너까지 그 뒤부터는 심어! 대가리 박으란 말야, 새끼들아. 아쭈 동작 그만. 앉아 일어서 앉아 일어서, 자동. 뒤에 탔으니 당연히 내리는 순서가 나중일 수밖에 없다는 따위, 더 이상의 상식은 통용되지 않았다.

그렇게 시작된 훈련소의 일과. 하루가 지나고, 이틀이 지나고 일주일이 지나면서 그런 모든 것들이 잘 짜여진 한 편의 각본 같은 것이었다는 사실을 알게 되는 과정이 곧 훈련소 시절이 아니었을까.

「수고하셨습니다. 사회에서 만나면 모르는 체하지는 맙시다.」

태어날 때부터 그랬던 것 같고 죽을 때까지도 그 모습 그대로일 것같이 악만 남은 사람처럼 훈련병들을 몰아치던 내무반장도 퇴소식을 갖는 날은 우리에게 그렇게 말했다. 그도 우리도 사회로 돌아갈 날이 있었던 것이다.

6주간의 훈련소 시절을 끝내고 이제 남은 복무기간을 보낼 자대로 실려 가는 무개트럭 위에서 나는 흥가분했다. 스물 시대의 3년이라는 청춘기를 견뎌내는 것이 고작 이런 것이라면 얼마든지 견뎌주마. 그간에 빨랫비누 거품으로 닦은 플라스틱 식기의 수와 기간병들의 눈을 피해 사 먹은 단팥빵의 수를 다 헤아릴 수는 없었지만 나는 보충대 정문을 통과하던 순간부터 지금까지의 시간을 날짜는 물론 시간별로도 따져볼 수 있을 것 같았다. 문득 보충대 앞에까지 와주었던 수연을 떠올려보기도 했지만 나는 각오를 다졌다. 어쩌면 이제부터는 그 모든 것들을 더 이상 생각하고 따져보지 않는 것이 도움될지도 모를 일이었다.

비로소 하치우의 얘기부터 시작할 수 있을 것 같다. 그가 느껴진다. 수려한 이목구비와 이등병 시절에도 단정하게만 여겨지던 군복 차림의 그가.

「너 뭐 하다 왔나?」

대대 전입신고를 마치고 박 병장의 손에 이끌려 포대로 내려온 지 한 시간 남짓이 지난 시간이었다. 행정반 서무계 박 병장으로부터 내가 1*2대대 브라보(제2포대) 포대원이 되었다는 사실을 설명 듣고 그가 지시한 신상기록부를 작성해 가고 있는 중이었다. 그때껏 긴장을 풀지 못하고 행정반 한구석 철제 책상에 앉아 자기소개서란에 또 무엇 써넣어야 할지 난감해하고 있던 나는 그가 들어오는 것을 의식하지 못했다. 포대사전으로 난 문이 열려 있었으므로 그는 별 기척을 낼 필요 없이 내 앞에 설 수 있었을 것이다.

나는 거의 습관적으로 허리를 펴며 네, 이병 이윤!을 복명복창했다.

「사회에서 뭐 하다 왔냐고?」

그런데 재차 묻는 그 역시 이등병 계급장을 달고 있었다. 박 병장도 어느새 자리를 비운 사이였고, 그가 어떤 사람인지, 과연 나보다 얼마나 고참인지, 그를 어떻게 대해야 하는 건지 전혀 알 수 없는 상황에서 나는 순간, 판단을 내려야 했다.

「예, 놀다 왔습니다.」

나는 그냥 그렇게 쉽게 말해버렸다.

「뭐 하고 놀았는데?」

「…….」

말문이 막혀버린 나를 향해 잠시 험악한 표정을 지어 보이던 그는 다시 물었다.

「집이 어디야?」

「서울입니다.」

「서울이 다 니 집이야?」

이쯤 되면 보충대 정문을 통과하던 그 순간부터 수없이 겪어오던 레퍼토리와 조금도 다르지 않은 것이다.

「예, 서울시 마포구…….」

「그만 됐어, 됐어.」

그가 손사래를 치며 웃었다. 그 웃음은 입대 후 처음으로 만나는 기분 좋은, 봄날의 햇살처럼 빛나는 웃음이었다. 나는 재빠르게 그의 가슴팍에 붙은 명찰을 살폈다. 하치우. 그가 한 걸음 더 다가와 손을 내밀었다

「잘 지내보자, 이윤. 하치우다.」

하치우. 나는 낯설지 않은 이름을 다시 가슴에 담았다.

「박 병장님 들어오시면 비사격철 가지고 갔다고 전해.」

하치우는 박 병장의 책꽂이에서 서류철 하나를 꺼내 흔들어 보이곤 들어왔던 행정반 문을 통해 나가버렸다. 비사격철이 무엇인지, 그 이름도 낯설었지만 나는 그것을 기억하기보다는 어딘가 낯익은 하치우라는 이름을 다시금 곱씹어보았다.

그제야 나는 그 이름이 조금 전 선임하사의 입에서 튀어나왔던 이름이라는 걸 기억해낼 수 있었다.

대대 인사과로 나를 데리러 올라왔던 박 병장은, 당연히 그래야 하는 사람처럼 험악한 표정으로, 괜한 꼬투리로 나를 주눅 들게 하려 했지만, 훈련소에서 이미 겪을 만큼 겪은 나로서는 그의 그런 태도가 악의가 없다는 것을 이미 간파하고 있었다. 그럭저럭 나는 대대장에게 신고를 마쳤고, 나를 대동했던 인사과 선임하사는 박 병장에게 근래 보기 드물게 신고를 잘했다고 나를 치켜세워 주었다. 박 병장은 기분이 좋아졌던지 험악한 표정을 풀고는 더블백을 들고 자기를 따라오라고 명령했다.

인사과를 빠져나와 국기게양대를 지나고 연병장을 끼고 도는 중

앙로를 따라 언덕을 층지게 깎아 지어놓은 두 개의 막사를 지나치자 박 병장은 다시 다른 사람처럼 험악한 얼굴이 되어서는 말했다.

「앞에 보이는 막사가 이제 남은 군대 생활 동안 먹여주고 재워줄 호텔이다. 신고식을 해야 하지 않겠나. 앉아.」

돌변한 박 병장의 지시에 따라 나는 후다닥 몸을 낮추었다.

「더블백을 머리에 인다. 실시.」

「실시.」

「막사 앞으로.」

그렇게 오리걸음으로 뒤뚱뒤뚱 십여 미터를 걸어갔을 때 시멘트로 지어진 막사 한쪽의 문이 열리더니 사내 하나가 빠져나오는 것이 보였다. 일반 사병들과는 확연히 차이가 있는 머리스타일에 모자는 쓰고 있지 않았다. 코에 걸린 은테 안경이 하얗게 빛을 쏘아내고 있었다.

「어디 병력이래?」

다가온 사내가 박 병장에게 물었다. 그의 가슴팍에 갈매기가 두 개인 중사 계급장이 달려 있는 것으로 보아 선임하사인 듯했다. 머리 위에 있어야 할 그의 군모는 뒷주머니에 반쯤 접혀진 채 꽂혀 있었다.

「서울이래요.」

박 병장이 말했다. 나는 흘러내린 땀으로 눈이 따가웠지만 머리의 더블백을 지탱하며 간신히 그를 올려보았다. 가까이서 본 그는 나이는 그닥 들어 보이지 않았다. 계급은 하사였지만, 박 병장에 비해 오히려 한참 어려 보였다.

「운동 좀 하는 것 있대?」

「글쎄요. 학교 다니다 온 모양인데요.」

「또 먹물이래. 전공이 뭐였대?」

「국문학과라나 봐요.」

「하치우도 국문과라 그랬잖아?」

사내는 무엇 때문에 기분이 상한 건지 끌끌 혀를 차더니, 내 머리 위의 더블백을 툭 치고는 지나쳐 갔다.

정황에 비추어본다면 조금 전의 하치우는 그 사내가 말한 하치우일 것이 분명해 보였다.

하치우와의 첫 만남은 그렇게 이루어졌다.

그러나, 그와의 재회까지는 또 얼마간의 시간을 필요로 했다. 포대로 내려왔던 그다음 날로, 나는 포반원들의 얼굴도 익히지 못한 채 훈련에 참가해야 했다. 강원도 골짝골짝을 누비고 다니는 그 훈련이 1년에 한 번 있는 대대 종합훈련이라는 사실을 알게 된 것은 더 한참 후였지만 실전을 방불케 하는 그 2주간의 시간은 한편으로 내가 그 새로운 생활에 적응할 수 있도록 하는 데 있어 물리적인 시간을 그만큼 단축시켜준 것 또한 사실이었다.

모든 것이 낯설기만 했던 그 기간 동안 나는 더 이상 생각지 않으려 했던, 떠나온 사회와 수연을 생각했고 그 생각의 끝에 가끔씩 빛나는 미소를 보여준 바 있던 하치우를 떠올려보기도 했었다. 그러나 그는 정작 한 번도 내 눈에 띄지 않았다. 포대의 이등병들을 모두 모아 진중교육을 시키는 자리에서도 그의 모습이 보이지 않아 의아스러웠던 적이 있긴 했지만, 그 궁금증도 실상 그리 큰 것은 아니었기에 그 이름조차 시나브로 잊혀져가던 중이었다.

「반갑다, 이윤.」

훈련을 마치고 돌아온 그 주 취사장에서, 아직까지도 조금은 군기가 들은 척 주위에 시선 한번 주지 않고 묵묵히 식판을 비워가던 내 옆에 자신의 식판을 내려놓는 이가 있었다. 바로 하치우였다. 뒤늦게 내려왔는지 그의 식판은 아직 손도 대지 않은 상태였다.

「훈련은 할 만했어?」

물어오는 그의 얼굴을 대하자 사실 무척 반가웠다. 이제 겨우 두 번째 얼굴을 대하면서도 전혀 낯설게 여겨지지 않는다는 게 무엇보다 희한했다.

「예, 이병 이윤. 그런데 훈련장에선 한 번도 눈에 안 띄던데 말입니다…….」

「아, 그거. 난 FDC야. 사격지휘소거든.」

하치우는 알아듣기 쉽게 FDC에 대해 설명해주었다. FDC는 각 포대의 포반이 사격을 할 수 있도록 타깃의 제원을 뜨고, 그것을 각각의 포반으로 하달하는, 이름 그대로 사격을 지휘하는 곳이었다. 그들은 훈련이나 실전에 임하면 직접 포를 쏘는 전포대와 달리 통신시설과 방위망 등이 설치되어 있는 차 속에서 부대를 지휘했다. FDC용 차는 적재함이 노출되어 있는 포차와 달리 외부에서 볼 수 없게 만들어진 박스카라고도 설명했는데, 그가 훈련장에서 눈에 띄지 않았던 이유를 그제야 알 것 같았다.

「Y진지 기억나? 잘 뛰던데. 그런 게 아주 잘 보이는 곳에 있어.」

그의 뜬금없는 말에 나는 그를 올려다보았다. 그곳의 작전 진지마다에는 그렇듯 영어 이니셜이 하나씩 붙여져 있었다. Y진지는 고석정 주변의 한 포 사격장을 가리키는 것이었다. 그곳에서 포대 사격이 있었던 날, 내가 속한 하나포반에서 작은 사고가 있었다. 사격지휘소의 지시에 따라 포탄을 장전하고 방아끈을 당겼는데 포신을 뚫고 나가야 할 포탄이 침묵하고 있었던 것이다. 원인은 포탄의 뇌관을 때리는 공이가 이동 중에 부러져 있었던 것인데, 그날 오후 하나포 반원 전부는 그 넓은 Y진지의 흙먼지를 뒤집어쓰며 뺑뺑이를 돌아야만 했었다. 하치우는 아마도 어딘가에서 그 광경을 지켜보고 있었던 모양이었다.

하치우와 이런저런 이야기를 나누며 식사를 마치고 취사장을 나섰을 때 무의적으로 식사시간이 조금 길어졌다는 생각이 들지 않은 것은 아니었다. 그러나 그래봐야 대략 십여 분 차이였을 것이다. 우리는 잔밥통에 남은 음식 찌꺼기를 버리고 포대를 향해 걸으며 좀 전의 화제를 이어갔다. 그렇게 얼마쯤을 걸었을 때였다.

「이거 우리 포대 이등병들 맞아? 완전히 말년들이군!」

등 뒤에서 날아온 소리에 우리는 퍼뜩 정신을 차려야 했다. 갓 전입 온 이등병은 이동 시 구보가 기본이었다. 고참병들로부터 세 걸음을 옮겨도 구보하는 시늉이라도 내도록 교육받는 곳이 그곳이었다. 우리는 그 목소리의 주인공을 확인할 겨를도 없이 후다닥 구

보를 시작했다. 그렇게 가쁜 숨을 고르며 막 식기장으로 들어서는 참이었다.

「이 자식들이 빠져가지고…….」

다시 느닷없이 날아온 소리였다. 다른 사병이 닦아온 식기를 검사하던 병장 계급 하나가, 들고 있던 식기로 우리들 머리통을 내리친 것도 거의 동시였다.

한쪽으로 나를 따로 불러낸 상병 계급은 식기장 바닥에 원산폭격을 하게 했다.

「이곳에 온 지 얼마나 됐어?」

상병 계급의 물음에 나는 무심코 대답했다.

「15일쨉니다.」

「하, 이 자식 째진 입이라고 말은 잘하네. 내가 너만 할 땐 입을 못 열어서 입안에 곰팡이가 다 피었어. 좃만은 새끼야.」

하치우 쪽은 더 심각했다. 병장 계급의 군홧발이 하치우의 정강이를 규칙적으로 차고 있었고 그럴 때마다 하치우의 입에서 '예, 이병 하치우'가 기계적으로 흘러나오고 있었다.

「니가 지금 쫄병 데리고 노닥거리고 다닐 군번이야. 이게 FDC 가더니 완전히 빠져가지고. 복창! 군대 좋아졌다.」

「군대 좋아졌다, 윽!」

「군대 좋아졌다, 윽!」

그즈음 우리들 뒤편에선 자신들의 식기를 닦느라 수선스러운 사병들의 침묵 어린 움직임만이 느껴질 뿐이었다.

그때의 구타와 얼차려는 내가 군에서 불합리하다고 느끼며 받은 최초의 체벌이었기에 뇌리에 깊이 박히기도 했지만 그 경황 중에도 고참병들이 하치우를 다그치며 FDC 운운하던 이유가 몹시 궁금했었다. 나중에 포반 사수로부터 전해 들은 하치우의 행적은 독특한 것이었다.

「하치우는 원래 보병 주특기를 받은 병력이었어. 행정반 박 병장 말로는 그의 군사기록 카드에는 일빵빵(100보병 주특기)으로 되어 있었다는 거야. 근데 이곳으로 오면서 130(포병 주특기)로 바뀐 거지. 그래서 처음에 하치우는 한동안 너처럼 전포대 생활을 했어. 근데 그즈음 FDC 병력 중 두 명이 한꺼번에 전역을 해버린 일이 있었어. 그러자 인원 보강이 시급해진 FDC는 전입 온 지 얼마 안 된 하치우를 차출해 갔던 거야.」

「그럴 수도 있는 모양이죠?」

「다른 사람이었다면 별 문제가 없었을 거야. 130을 133으로 바꾸는 일은 어려운 일이 아니거든. 그런데 FDC로 옮기고 얼마가 지나서 하치우는 133으로는 주특기 변경이 불가능하다는 사실이 드러났어.」

「왜요?」

「알다시피 사격지휘소는 음어陰語와 기밀서류를 다루는 곳이거든. 실상 우리 같은 예하 포대에서 다룰 만한 극비 문서가 뭐 있긴 하겠냐만 원칙적으로 그곳은 신원에 결격 사항이 있는 사람은 근무가 불가능한 곳이야.」

「그럼 하 이병님이 신원 조회에 문제가 됐다는 얘긴가요?」

「자세한 내막이야 우리도 알 수 없지.」

「그런데 어떻게 지금까지 FDC에 있죠?」

「포대 FDC 쪽에서 그를 포기하지 않으려 했던 거야. 데리고 있어 보니까, 업무 능력도 탁월하고, 또 새로운 신병을 훈련시키는 게 부담스러웠던 거겠지. 그래서 그냥 대대의 눈을 피해서 데리고 있기로 했던 거야. 아직까지도 하치우는 그래서, 검열을 나오거나 하면 서류상으로 전포대원이 되어버려. 그러니 전포대 고참들에게 하치우는 좀 독특한 존재지.」

「……?」

1985. 1.

집을 떠나 맞는 첫 겨울이라 그런 것이었는지 언제나 그곳은 그래왔었던 것인지 모를 일이었지만 그곳에서 맞은 겨울은 지독하게 추웠다. 지금껏 경험해보지 못한 추위였는데, 그래서 그런지 시간은 더욱 더디 갔고 바깥세상을 생각지 않으려는 내 의지도 자꾸 움츠려들기만 했다. 떠나온 가족들이나 친구들, 역전 포장마차의 카바이트 불빛과 '고향집'의 김치찌개 맛이, 가끔씩 수연과 두드려대던 두더지게임의 두더지처럼 누르면 누를수록 불쑥불쑥 고개를 치밀어오기도 했는데 그것이 오히려 평생 처음 맛보는 그곳의 추위보다 더욱 고통스러운 것이었다. 그렇게 그곳의 겨울이 깊어가고 있던 무렵, 나는 수연으로부터 편지를 받았다.

「애인인가? 이윤이 그간 편지 한 통 오는 법 없더니 한 번에 크래모어를 터뜨려버리는구만.」

점호시간에 편지를 넘겨주며 웃던 인사계 선임하사의 말마따나 수연이 보낸 편지는 속 내용만큼이나 두툼했다.

단순히 '형'으로 시작하는 수연의 편지는 역시 그녀의 성격처럼 왜 소식 한번 없는 거냐, 이 주소를 어떻게 힘들게 알아냈는지 아느냐, 는 따위 잡다한 서론은 없었다. 내가 세상으로 띄운 유일한 모스부호인 어머니에게 보낸 카드가 그 발신지일 것이 분명했다. 수연이 보낸 편지봉투 속에는 사연을 적은 편지 한 통 외에도 철 지난 크리스마스카드와 학보 신문을 오려 스크랩한 기사 묶음이 함께 들어 있었다. 야학 학생들과 일일찻집을 하루 운영했고, 북한산 산행을 했다는 수연은 이곳의 크리스마스는 어떤 건지 궁금해했다.

동봉한 신문 스크랩은 입대 전 내가 교내 학보에 연재했던 소설을 두고 벌인 논쟁들이었다. 나는 입대 전 학교에서 전국 대학생들을 대상으로 한 공모전에 입상한 인연으로 학보의 지면을 얻어 길지 않은 소설을 몇 달에 걸쳐 연재한 적이 있었다.

반응은 신통치 않았다. 적어도 나를 누구보다 이해하고 있으리라고 믿었던 상규 녀석조차 연재소설에 대해서는 일언반구 언급하지 않았다. 가끔씩 교수님들이 강의실이나, 오가는 길에 마주치면 '소설 재미있게 읽었네, 열심히 해보게.' 하며 아는 체를 해오는 정도였다.

나는 내 소설이 형편없었던 탓이라고 결론을 내리고 그래도 할 말은 다 했으니 미련은 갖지 말자고 마음을 정리했었는데, 연재가 끝난 후 일주일 후 다음 호 신문 지면에서 내 소설에 대한 한 학우의 맹렬한 비판 글을 읽을 수 있었다.

그의 논지는 단순하고 명료했다. 소위 말하는 리얼리즘 문학과 민중문학론의 한 대목을 떼어다 놓은 것처럼 대단히 합리적이고 학술적인 용어가 동원된 그의 글은 내 작품이 제대로 형상화가 이루어지지 않았을 뿐만 아니라 인물들의 전형에 실패했다고 쓰고 있었다. 80년대, 이 땅의 정치 상황을 전혀 이해하지 못하고 왜곡시키고 있으므로 형상화에 실패한 것이며 그 힘들고 어두운 상황에 미국으로 떠나버리는 주인공의 캐릭터도 현실을 도외시한 비전형의 극치라는 것이었다. 그는 당시 지하에서 읽혀지던 북한 문예창작이론인 '종자론'까지 끌어대며 조언을 아끼지 않았는데, 내 작품의 중심 사상, 즉 '핵'이 모호하고, 중심 없이 흔들림으로써 성공적인 종자를 맺기엔 처음부터 한계가 노정되어 있었다고도 말했다. 그는 결론처럼 이런 글들이 시대를 고민하고 이웃들의 삶을 아파하는 많은 민중들, 학우들에게 얼마나 해악이 될 수 있는지에 대해 지면을 제공한 신문사도 반성해야 한다고 적고 있었다.

그 글이 실리고 난 다음 날 신문사의 주간으로부터 만나고 싶다는 연락이 왔다. 주간은, 내게 할 말이 없느냐고 작가의 변을 실을 기회를 주겠다고 말했다. 나는 그러고 싶지 않다고 거절했다.

「그 친구 말이 옳을 수도 있을 텐데요, 뭐.」

그리고 학교는 방학에 들어갔고 나는 휴학계를 냈으며 보충대를 향해 떠나온 것이다.

그 일은 나로선 까맣게 잊고 있던 일이었다. 그러나 수연은 나의 급작스러운 휴학과 입대가 그것과 연관되어 있으리라고 생각했던 모양이다. 내가 학교를 떠난 이후 그 비판 글에 대한 비판이 실렸던 모양이었고 매주 발행되던 학보에는 한 달 이상을 치고받는 설전이 오갔던 모양이다. 수연은 그 기사를 스크랩해서 내게 보냈던 것이다. 수연은 그에 대해 몇 마디 설명하고 있었는데 그 일로 수연이 얼마나 마음 쓰고 있었는지 알 것 같았다.

「세상엔 참 여러 가지 시각이 공존하고 있는 것 같아요. 이젠 시간이 흘렀으니 그때 일도 많이 잊었으리라 믿어요. 형이 힘들었을 때 별로 도움이 못 되고, 이제야 이런 거나 모아 보내네요. 이제 너무 마음 쓰지 마세요.」

나는 우리들의 지난 추억이 튀쳐나올 것 같은 수연의 편지는 서너 번을 되풀이 읽었지만, 그러나 A4 갱지에 꼼꼼하게 오려 붙여진 논쟁들은 쳐다도 안 보고 페치카의 아궁이 속으로 던져버렸다.

1985. 3.

산기슭에 자리 잡은 부대 주변의 산비탈에 철 이른 진달래가 불길을 일으키고, 겨우내 잠들어 있던 더덕뿌리들이 자신의 몸내와 함께 순을 내밀던 그 무렵이면 부대는 항용 치러야 하는 한해살이 작업으로 수선스러워지게 마련이었다. 그날은 한겨울 동안 손실된 초소막을 보수하던 날이었다. 아침조회가 끝나고 작업량에 따라 병력을 분산 배치하는 인사계 선임하사의 지시에 따라 나와 하치우가 같은 작업조에 끼이게 된 것은 우연이었다.

그날, 본래의 초소막을 뜯어내고 소나무나 참나무로 받침목을 하고 뗏장을 쌓아 올리는 증가초소 보수 작업은 처음부터 순조롭게 진행되어 오후에 들어서자 마무리 작업에 들어갈 수 있었다.

「자, 목도 칼칼한데, 사다리나 한번 타자.」

쫄병들이 담가에다 들어 나르는 뗏장을 층층이 쌓아올리며 자업 지휘를 하던 임 병장이 삽자루를 내려놓으며 그렇게 바람을 잡고 나선 것은 해가 서쪽으로 지그시 기운 시간이었다.

맨날 동일한 '짬밥'에 물려 있는 군인들이 선임자의 주도 아래 공식적으로 쉬면서 사제 먹거리를 먹을 수 있는 기회인 그런 이벤트는 흔한 일은 아니었지만 누구라도 알고 있는 일이었다.

기다렸다는 듯 쫄병들이 얼굴을 빛내며 임 병장 주위로 모여들었고 연장들을 던져두고 몰려 앉았다.

「누구 종이하고 볼펜 하나 꺼내고.」

장난스러운 탄성과 환호 끝에 돈이 걷히자 임 병장은 다시 모여 앉은 면면을 둘러봤다.

「누가 갔다 올래?」

가장 중요한 순서가 남은 셈인데, 정작 걷힌 돈을 가지고 먹거리를 사와야 했던 것이다. 그 일은 오랜만에 사회의 먹거리를 먹게 된다는 호사를 누리는 일이기도 하지만 그만큼의 위험도 따르는 일이었던 것이다. 무엇보다 그곳에서 손에 넣을 수 없는 술까지 사 오는 일로, 물건을 파는 그 가게라는 곳이 그곳에서도 작은 산 하나를 넘고 큰 도로 하나를 필연코 거쳐야만 할 만큼 먼 곳에 위치해 있었다. 하여 단지 거리만이 아니라, 만에 하나 오가는 길에 부대 지휘관이나 상급부대의 군기순찰 차량이라도 마주치게 되면 그 즉시 군기교육대로 끌려갈 수도 있는 일이기에 그만한 담력과 순발력이 요구되는 일이었던 것이다. 그렇기에 누구도 선뜻 나서질 못했고, 누군가를 지목해야 하는 고참병도 제법 신중하지 않으면 안 되었던 것이다.

「제가 다녀오죠.」

서로의 눈치를 살피며 침묵이 이어지는 동안 내가 대수롭지 않다는 듯 나섰다. 딱히 가고 싶어서라기보다는 그렇게 고조된 분위기를 깨뜨리고 싶지 않았기 때문이다.

「그럴래?」

임 병장이 반색을 했다. 내게는 이미 경험이 있었고, 임 병장은 그 사실을 알고 있었던 것이다. 그러면서 덧붙였다.

「누구 한 명 더 데리고 가라.」

작업거리도 아직 남아 있는 터에 임 병장으로서는 일손 하나를 더 떼어주는 셈이었다. 선뜻 나선 나를 그렇게라도 배려해주려 했던 것으로 그 가운데는 내 밑의 졸병도 있어서, 그들 가운데 한 명을 데려가라는 의도였겠지만, 나는 그날따라 그 자리에 와 있던 하치우를 돌아봤다.

「하 일병님 같이 안 가시겠습니까?」

하치우는 생각도 않고 있다가 흔쾌히 그럼 그럴까, 하면서 임 병장을 돌아봤다. 임 병장이 고개를 끄덕였다.

갹출한 돈을 가지고 우리는 빠르게 산허리를 타고 내려갔다. 특수공작원이 임무를 띠고 잠입하듯 비밀스럽게 가게 문을 밀치고 들어가 시간을 살피자 내 예상보다 10분은 빨리 도착해 있었다.

「생각보다 산을 잘 타시는데요.」

주로 FDC 벙커 안에서 책상물림을 하듯 생활하는 하치우의 평소 생활을 빗대어 한 농담이었다. 하치우가 웃었다.

몇 병의 소주와 과자류를 사고, 나는 주인댁에게 생두부 세 모를 썰어달라고 부탁했다. 그곳에서 직접 뜬 생두부를 썰어 양념장에 버무려주는 것이었는데 주인댁이 그것을 준비하는 동안 나는 갑자기 찾아든 생각에 하치우를 꼬드겼다.

「기다리는 동안 막걸리 한잔 하실래요?」

그날 사단은 그렇게 시작되었다. 예상보다 빨리, 그리고 무사히 도착했다는 안도감이 호기로 이어졌고, 양념장에 버무린 두부가 마련될 때까지만 마시고자 했던 한 잔 술이 두 잔이 되고 세 잔으로 이어지면서 나는 취해갔다. 주사酒邪가 있는 것도 아니었지만 상황이 그렇게까지 발전하게 된 까닭을 설명하기는 어렵다. 어쩌면 상대가 하치우였기 때문이었을 것이다. 그와 마주 앉아 있으면서 나는 사회에서 술친구를 마주한 것처럼 긴장을 풀었고, 무슨 마음에서인지 하치우는 또 하치우대로 그런 나를 제어하지 않고 묵묵히 내 기분을 맞추어주었다. 우리는 그날 참 많은 이야기를 나누었다. 그곳에서는 어울리지 않을 조세희며 황석영의 소설 이야기를 하고 김수영과 김지하의 시 이야기까지 했을 정도였다. 그러다 종국에 나온 이야기가 부대 내의 구타에 관해서였다. 아마 이등병 시절 우리가 식기장에서 같이 당했던 그 구타 이야기가 발화점이 되었을 것이다.

「때 되면 올라가는 게 계급 아냐? 그게 무슨 훈장이나 된다고 쫄병들을 괴롭히냔 말이지. 자기들이 당할 때는 죽고 싶기까지 했다고 하면서 정작 계급이 올라가면 똑같이 더 날뛰니 말야. 아니 뭐 구타가 없으면 군대가 안 돌아갈 거라고? ……미쳐버리지 말입니다.」

왜 그랬을까? 그래도 고참인데, 거의 반말 비슷하게 지껄여대는 내 말을 묵묵히 들어주던 하치우가 어느 순간 늦었다고 이제 그만 가자고 내 말의 허리를 자르고 들었을 때, 나는 터무니없게도 뭔가가 울컥 치밀어 올랐다.

그걸 뭐라고 설명하기는 어려울 것 같다. 분명 나는 하치우에게 화가 나 있던 게 아니었는데 나는 그에게 발악을 해댔던 것이다.

「아니, 내가 이곳에서 무슨 시위라도 벌이잘까 봐 그래. 좋다구, 이렇게 쫄병하고 앉아 술잔을 기울여준 것도 꽤나 인내력을 발휘한 셈일 텐데. 일어나라구. 난 한 잔 더 해야겠으니까.」

그때였을 것이다. 가게의 유리문이 드르륵 열린 것은.

「무슨 짓들이야.」

우리를 기다리다 못해 직접 그곳까지 찾아 나섰던 임 병장이 그 순간 들어서지 않았다면 이후의 내 행보는 어찌 되었을까. 그건 알 수 없는 일이다. 아무튼 임 병장의 손에 이끌려 작업장으로 돌아왔을 때는 보수가 끝난 증가초소 위로 늦은 오후의 땅거미가 어슴푸레 내려앉고 있었다. 작업도구를 챙기고 돌아갈 준비를 하고 있던 이들의 얼굴은 당연히 험악하게 변해 있었다. 그곳으로 되돌아왔을 즈음의 나는 기진해 있었다. 임 병장은 내게 그곳에 남아 술이 깨면 내려오도록 조치를 취해주었다.

「자, 철수하자. 작업도구들 잘 챙기고, 김 상병이 인솔해라. 모두들 포대 간부들 귀에 들어가지 않도록 입단속하고.」

그닥 술이 취하지는 않았던 하치우를 포함한 그들이 부대로 내려간 뒤 나는 새롭게 만들어진 증가초소 안에서 정신없이 잠에 빠져들었다.

얼마 뒤 임 병장이 올려 보낸 쫄병에 의해 잠과 술에서 동시에 깨어난 나는, 그제야 내가 저질러놓은 사태의 심각성을 인식할 수 있었다. 쫄병은 잔뜩 겁먹은 표정으로 말했다.

「하 일병님은 식기장에서 몸을 가누지 못할 정도로 깨졌고요, 지금은 하 일병님 동기들 모두 포상으로 집합해 있습니다.」

그날 밤, 우리 동기들 역시 예외일 수 없었다. 점호 후 내무반 한 귀퉁이로 집합을 당한 우리들은 한 시간여 동안 기합을 받아야 했다. 그러나 그것으로 끝날 일이 아니었다. 오히려 관례에 비추어본다면 지금부터가 시작이었다. 어쭙잖은 나의 치기로 인해 단지 입대를 같은 달에 했다는 이유 하나만으로 우리 동기들이 고초를 당했듯, 하치우의 동기들 역시 예외는 아니었을 테고, 실제적으로 피해를 입은 그들이 우리를 불러 모을 것은 당연한 것이었다. 그러나 다음 날 하치우의 동기들은 아무런 조치를 취해 오지 않았다. 하치우가 그 동기들을 설득했다는 이야기와 그 일과 관련되었던 상병들에게 임 병장이 더 이상 이 일을 확대시키지 말라고 강하게 주의를 주었다는 소문이 들려왔을 뿐이었다.

2000. 2.

내가 정 기자의 청탁을 받아들이기로 한 것은 딱히 그의 집요함 때문은 아니었을 것이다. 더 이상 가타부타 말을 해주지 않으면 그가 곤란을 겪을 것 같아 나는 전날 밤 그를 만나 글을 쓰겠노라고 말했었다. 다만 필명으로. 그리고 술을 마시며 자연스럽게 요즘 내게 떠오른 그 시절의 이야기를 더 길게 들려주게 되었던 것인데, 얼마간 이야기를 들은 정 기자는 내게 하치우라는 사람을 한번 찾아보는 게 어떻겠느냐는 제안을 해왔다. 나는 물론 그가 어떻게 사는지 궁금하고 보고 싶긴 하지만 딱히 그럴 필요까지야 있겠느냐고 고개를 저었었다.

그런데 한번 꺼내놓기 시작하자, 그와 얽힌 추억들이 감자줄기처럼 달려 나왔고 나는 그에 대한 그리움이 간절해졌다. 마치 아물기 시작하던 상처를 괜시리 긁었을 때 참을 수 없이 밀려오는 가려움

증 같았다고나 할까.

결국 나는 한번 찾아보는 것도 나쁠 것 없지 않겠는가 하는 생각을 품게 되었고 그 생각이 마침내, 그래 어떻게 살고 있는지 한번 만나보기나 하자, 로까지 발전했던 것이다.

나는 출근해 직원들과 간단히 회의를 마치고 우선 전화번호부를 뒤져보는 것으로 하치우 찾기에 돌입했다.

하치우라는 이름이 희귀한 이름인지 다행히 서울지역 전화번호부엔 딱 한 명만이 등재되어 있을 뿐이었다. 나는 그 번호로 전화를 넣어보았다. 그러나 그는 내가 찾는 하치우가 아니었다. 큰 기대를 했던 것은 아니었지만 그래도 조금은 섭섭했다. 나는 이동통신에도 전화를 걸어 가입자 중에 하치우라는 이름이 있는지도 확인했다. 그러나 없었다. 그렇다면 그는 서울에 살고 있지 않다는 얘기인가? 그러나 전화번호는 자신의 이름으로 신청할 때만 등록된다. 따라서 확실해진 것은 아무것도 없었다. 혹시나 해서 시작한 일이었지만 막상 시작하고 나서 성과를 얻지 못하자 초조해지기까지 했다. 야후 심마니 등 인터넷의 검색 엔진을 샅샅이 뒤졌지만 그 속에도 하치우라는 이름은 없었다.

조금 허탈한 심정으로 창밖을 내다보고 있는데 전화벨이 울렸다.

정 기자였다.

「하치우 그 사람 말야. 종합해보건대 만약 그런 성격의 인물이라면 어떤 식으로든 공적인 단체에서 일하고 있을 것 같은데…….」

정 기자도 어젯밤 이후 하치우에 대해 나름 생각하고 있었던 모양이었다.

「괜히 애쓰네. 정 기자까지 그렇게 신경 쓸 일은 아닌데.」

「아냐, 나도 한번 만나보고 싶어.」

「쉽진 않을 거야. 서울에 있다는 보장도 없고.」

「그래서 우리 동료 기자 중에 한 1년 동안 지역 운동하는 사람들만 취재해온 친구가 있는데 그 친구에게도 부탁해놨어.」

「이거 너무 미안한데.」

「미안하긴. 아직 얻은 것도 없는데.」

「아무튼 고맙다.」

「그래, 또 연락하자.」

정 기자와 통화를 끝내고 시계를 보자 벌써 4시가 넘어 있었다. 인터넷의 검색 사이트를 좀더 살펴보았지만 역시 성과는 없었다. 접속을 끊고 의자를 돌려 창밖을 내다보았다. 사무실 창밖으로는 한강이 내려다 보였다. 남북을 잇는 다리 위로 차량들이 바쁘게 오가고 있었다. 이게 갑자기 무슨 일인가. 회의가 밀려왔다. 과연 그를 찾는다고 해서 달라질 일은 없었다. 이달 말에 내야 할 책의 원고도 밀쳐두고 내가 지금 무슨 짓을 하고 있는 건가 싶은 생각도 들었다.

써주기로 한 원고량은 고작 원고지 20매 내외였다. 하치우와 관련된 이야기가 아니라 해도 또 그가 현재 어떤 모습으로 지내고 있든 그와는 상관없이 하룻밤이면 쓸 수 있는 분량의 원고였다. 그것을 핑계 삼아 굳이 그를 찾을 이유도 사실은 없는 것이었다. 더군다나 어차피 남들에게 가십거리에 지나지 않을 얘기인데 원고 내용

역시 너무 심각히 생각할 필요는 없겠다는 생각이 들었다. 그러고 나자 마음이 좀 가벼워졌다.

나는 밀쳐두었던 '현대인의 우울'에 관한 원고의 교정쇄를 끌어다 펼쳤다.

1985. 5.

초소 작업장 사건이 있고 얼마가 지나서였다. 오전 작업을 끝내고 점심식사 후 집합을 하자, 주번하사가 보초가 바뀌었다고 그 시간 근무자인 김 일병 대신 나보고 준비하라고 말했다.

보초 교대를 위해 복장을 갖추고 행정반으로 들어가자 뜻밖에도 임 병장이 기다리고 있었다. 둘이 함께 복초複哨를 서게 되어 있는 경계의 파트너이자 선임자는 바로 임 병장이었던 것이다.

「임 병장님이 웬일이십니까, 보초를 다 나가시고?」

병장 4호봉째인 임 병장은 주간 보초를 오를 만한 군번도 아니었고, 더군다나 포대 이발소를 책임지고 있기까지 해서 낮시간의 보초를 서는 일은 거의 없었던 것이다. 내 물음에 임 병장은 대답 대신 나를 무시하고는 탄창의 실탄을 확인하기만 했다. 그때의 앙금이 아직 남은 것인가? 나는 문득 그런 생각이 들긴 했지만 확인할 수는 없는 노릇이었다.

임병철 병장. 사회에서 무엇을 하다가 왔는지는 잘 알려지지 않았지만 180센티미터가 넘는 키에 잘 발달된 근육질로 미루어 무언가 운동을 하지 않았겠느냐는 추측을 불러일으키는 인물이었다. 그는 각진 얼굴에서 풍기는 날카로움과 달리 정이 많은 사람이었다. 그에 대한 일병 시절의 에피소드 하나는 독특하게 전해져 오고 있었다.

내가 근무하고 있던 부대는 산기슭에 위치해 있어 다른 곳으로 연결되어 있는 인근 도로는 모두 비포장도로였다. 따라서 동송이나 철원 쪽으로 닦여진 도로에 대한 관리는 전적으로 우리 부대 측 몫이었다. 눈 온 뒤의 제설 작업이나 비온 후의 보수 작업 등 도로 작업은 수시로 벌어졌다. 훈련을 마치고 돌아온 어느 여름날, 임병철은 서너 명의 동료들과 도로 작업에 투입되었다. 지난 비에 패이고 깎인 부분을 흙을 퍼다 메우고 다듬으며 작업을 해나가던 도중 무슨 생각에서였는지 인솔하사가 엉뚱한 명령을 내렸다.

「목마르지? 너하고 너. 저기 수박밭 보이지? 가서 보급추진 좀 해와.」

그곳에서 멀지 않은 곳에 있는 수박밭 하나를 가리키며 인솔하사가 서리를 지시한 것이다. 그때 인솔하사가 지목한 이들은 임병철이 아니었다. 까라면 까라는 게 군대였다. 또 그런 일은 흔히 있는 일인 듯했다. 지시를 받은 쫄병들은 오히려 신이 나서 수박 서리에 나섰던 것인데 그만 그 가운데 한 명이 주인에게 덜미를 잡히고 말았다. 가끔씩 도둑맞는 것에 대해 알고 있던 주인이 작정을 하고 지켜보고 있던 중에 잡힌 터였기에 일은 간단히 넘어가지 않았다. 그들의 이름을 물어 적어두었던 주인은 부대로 연락을 했고, 그날 서리에 가담했다 이름을 남긴 이들과 인솔자였던 하사는 포대장에게 불려 갔다.

그때까지 임병철에게는 아무런 문제가 없었다. 그러나 얼마 후 포상에서 포를 닦고 있던 임병철은 포대장 앞으로 불려 올라가야 했다. 그때 들어 상황은 돌변해 있었다. 포대장의 노기 앞에서 하사는 그 모든 책임을 당시 일반병 가운데 가장 선임이었던 임병철에게 덮어씌웠던 것이다. 정작 서리에 참여했던 이등병들은 이미 하사에게 어떤 위협을 받았는지 잔뜩 겁에 질려 있었고, 포대장실로 불려 들어간 임병철에게 설명할 시간도 없이 날아온 것은 심한 욕설과 손찌검이었다.

「넌 이 새끼야, 누구보다 나쁜 놈이야! 전우들을 이용해 먹고 정작 너는 꽁무니를 빼고 있어!」

흥분한 포대장은 자신의 책상 위에 장식처럼 올려두고 있던 대검을 뽑아서는 임병철 앞에 던지며 호통을 쳤다.

「도둑질이나 하는 손이니까 잘라버려.」

포대장의 그 말은 물론 진심이 아니었을 테지만 그 순간 임병철의 눈에서 불길이 일었다. 거의 살기에 가까운 빛이었다. 그런 임병철의 눈을 마주했던 포대장은 입을 다물었고 한동안 무거운 침묵이 흘렀는데, 곧 포대장은 임병철에게 그만 나가보라는 것이었다. 그때 그 눈빛만으로 포대장은 임병철이 주범이 아니라는 것을 이미 눈치챘던 것인지도 모른다.

물론 그렇다고 사태가 정리된 게 아니었다. 서울에서 살며 이곳에서 수박밭을 운영한다는 주인은 그간에 자신이 서리를 당한 수박 값이 수백만 원에 이른다며 보상을 요구했던 것이다.

대대 CP에서 내려와 분대장 연구실에서 감금당하다시피 대기하고 있는 임병철에게 뒤늦게 내려온 포대장은 사회의 집 전화번호를 물었다. 임병철은 무슨 일 때문이냐고 물었고, 포대장은 욕설을 섞어 대대에서 연락이 갈 것이라고 말했다.

「도둑질을 했으니 물어줘야지.」

순간 임병철은 어떤 체벌이라도 달게 받겠다며, 제발 집에는 연락하지 말아달라고 애원했다. 포대장은 그러나 그런 임병철을 무시하고는 분대장 연구실을 나가버렸다.

잠시 후 포대가 발칵 뒤집혔다. 임병철이 어느 순간 사라져버렸던 것이다. 그 사실은 즉시 포대장의 귀에 들어갔고, 비밀리에 비상이 걸렸다. 그가 탈영을 했을 것이라는 소문도 돌았고, 수박밭 주인을 찾아갔을 것이라는 이야기도 들렸다. 그러나 포대가 그를 찾아 발칵 뒤집힌 사이 정작 임병철은 대대장을 찾아갔다.

임병철은 대대장에게 자신의 잘못을 충분히 수긍하겠다며 무슨 체벌이라도 달게 받겠으니 집에는 연락을 취하지 말아주었으면 좋겠다고 다시 한번 말했다. 대대장은 어이가 없었으나 그런 임병철을 좋은 말로 타이르려 했다.

「자넨 돈이 한 푼도 없지 않은가? 저쪽에선 막무가내고 나랏돈으로 그걸 배상해줄 수도 없으니 부모님께 연락해 조용히 해결할라 그러는데, 그게 자네한테도 낫지 않은가?」

그러나 임병철은 뜻을 굽히지 않았다.

「제가 집을 떠나 이곳에 와 있는 것만으로도 걱정이 태산이신 부모님이십니다. 이런 일로 전화를 받으시면 잠도 못 이루실 겁니다. 제가 이곳에서 벌인 잘못이니 이곳에서 해결할 수 있도록 도와주십시오. 군기교육대를 가라면 가고 영창을 가라면 가겠습니다.」

설득에 실패한 대대장은 짜증스럽게 임병철에게 물었다.

「안 되겠다면 어쩔 셈인가?」

「제가 이 자리에서 나서면 어떻게 행동할지 제 자신도 모르겠습니다.」

보다 못한 대대장은 버럭 소리치면서 자리에서 일어섰다.

「나한테 협박하는 건가!」

대대장은 자신의 허리에 차인 권총을 꺼내 책상 위에 소리 나게 내려놓으며 말했다.

「죽을 테면 이 자리에서 죽어. 못난 짓 하지 말고.」

둘의 눈이 마주쳐 잠시 침묵이 흐른 뒤, 임병철이 고개를 떨구었다.

「죄송합니다.」

대대장은 거친 숨을 한번 토해내고는 자리에 주저앉았다.

「알았으니까 내려가 있어.」

사건은 그렇게 마무리 지어졌다. 포대로 내려왔을 때, 임병철이 돌아왔다는 사실이 순식간에 포대원들에게 전달됐고, 포대장에게도 보고가 들어갔지만 분대장 연구실로 들어가 조용히 대기하고 있던 임병철을 포대장은 다시 찾지 않았다.

그날 저녁 대대로 불려 올라갔다 온 포대장은 임병철을 비롯한 세 명의 이등병에게 아무런 체벌도 가하지 못했다. 없었던 일로 하라는 대대장의 지시가 있었다는 것이다. 대대장과 포대장이 왜 끝까지 인솔하사를 보호하려 했는지는 잘 알려지지 않았다. 다만 같은 직업군인으로서 그를 지켜주려 했었을 것이라는 추측이 떠돌았을 뿐이었다.

임 병장의 성격 한 단면을 읽게 만드는 에피소드였는데 그런 의리와 배짱이 있었기에 많은 사병들이 그를 좋아하고 따랐을 것이다.

이런저런 생각을 하며 나도 더 이상 입을 열지 않았지만 초소로 가는 짧지 않은 시간 동안도 임 병장은 침묵을 지켰다. 인솔하사에게 지나는 말처럼 한마디를 한 게 전부였다.

「2시에 교대해줘.」

그렇게 초소에 올라 붉은 대낮의 형식적인 수하를 마치고 대공초소로 들어서는 순간이었다. 임 병장은 차가운 목소리로 내게 말했다.

「대가리 박아.」

나는 처음 그게 무슨 소린지 몰라 멍청해져서 임 병장을 바라봤다.

「머리 박으라고.」

그제야 나는 영문도 모른 채 머리를 땅에 박았다. 그 초소는 오공포를 설치해둔 곳으로 다른 초소와 달리 하늘에서 내려다보이지 않도록 위장막이 설치돼 있었다. 따라서 웬만큼 근거리가 아니고서는 그 안에서 벌어지고 있는 일들은 하늘에서조차 전혀 식별할 수 없게 되어 있었다.

그러고 있길 얼마가 지났는지 모른다. 임 병장은 초소막 안으로 들어가 잠이라도 자고 있는 건지 기척이 없었다. 땀이 등줄기를 타고 흘러내렸는데 나는 거의 오기로 견뎌내고 있었다. 도저히 이해할 수 없는 상황이었다. 비록 형식적인 경계라 해도 보초의 행동을 규제하는 것은 아무리 높은 상관에게도 금기시되는 일이었다. 지난번 일에 대한 뒤늦은 체벌일 것이라는 생각 외에는 짚이는 구석이 없었다.

얼마가 지났을까. 거의 목과 머리의 감각이 없어지고 흘러내린 땀으로 눈조차 뜰 수 없을 지경에 이르러서야 임 병장이 초소에서 몸을 드러냈다.

「일어서!」

머리를 박고 있는 내 옆으로 다가와 선 임 병장이 예의 아무런 감정이 실린 것 같지 않은 목소리로 다시 명령했지만 나는 일어서지 않았다. 오기가 발동했던 것이다. 어쨌든 일어서지 않으면 보초 교대가 이루어지는 2시까지만 버티면 된다는 현실적인 계산도 했다.

「일어나라고.」

다시 재촉하는 임 병장에게 나는 당돌하게 말했다.

「내가 왜 이러고 있어야 했는지를 알아야 일어나겠습니다.」

「그래? 재밌군. 그럼 그 이율 스스로 깨달아봐.」

임 병장은 그렇게 말하고 또 초소 안으로 들어갔다. 이제 나는 임 병장 저치가 정상이 아니거나 내가 정상이 아니라는 생각을 했다. 괜한 고집이 후회도 되었다.

「아직도 이율 깨닫지 못했나?」

어느새 다시 초소에서 나온 임 병장이 다시 물었지만 나는 대답하지 않았다. 신음이 흘러나오려는 것을 겨우 앙다물었다.

「좋다. 그럼 내가 이율 말해주지.」

그리고 임 병장은 장난처럼 툭 한마디를 던져놓았다.

「이유는 없다.」

나는 끙 하고 한숨을 토해냈다. 그리고 허리를 틀어 가로로 쓰러졌다. 등 쪽에 감각이 없어 그냥 일어서기보다는 그게 편했던 것이다.

「이유를 모르고도 그래야만 할 때가 있는 거야. 특히 군대는.」

임 병장이 일어서는 나를 바라보며 토를 달았는데 나는 그의 말을 이해할 수 있을 것도 같았다. 그럼에도 우정 뭔가 속았다는 기분으로 굳어진 얼굴을 풀지 않고 흘러내린 땀을 소매 깃으로 훔쳐 내고 있을 때, 임 병장이 뜬금없이 말했다.

「자네, 이발 한번 해보지 않겠나?」

「……?」

임 병장은 그때, 분명 자네라는 말을 썼다. 군대 용어에 익숙해져 있는 내게 그건 당연히 어색하게 들렸다. 그러나 내가 미처 대답을 못하고 임 병장을 쳐다본 것은 사회에서나 가능한 호칭 때문은 물론 아니었다.

「이젠 누군가에게 가위를 넘겨줄 때가 되어서 그래. 나도 이 일병만 한 짬밥 때부터 가위질을 시작했으니까.」

임 병장의 말대로 그는 포대 이발병이기도 했다. 일주일에 한 번 포대원들의 머리를 깎아주는 그 일은 생각처럼 쉬운 일이 아니었다. 다른 이들과 똑같이 훈련을 받고 작업을 하다가 토요일과 일요일 휴무 시간에 남들이 쉴 때, 쉬고 있는 그들의 머리를 깎아주는 일이었다. 그렇듯 120여 명의 포대원들의 머리를 아무 대가 없이 깎아주는 자리였기 때문인지 포대 내에서 이발병의 위치는 조금 특수했다. 사병들은 그런 이발병들에게 언제나 우호적이었다. 휴일이면 고참들이 쫄병들의 군기를 잡는다는 이유로 식기장이며 포상에 집합을 시켜 얼차려를 주기 일쑤였는데 이발병은 당연히 그런 자리에서 열외시켜 주었고, 특별한 회식이나 고참들의 비밀스러운 술자리 회합 등의 자리로 이발소를 이용할 때는, 계급을 떠나 함께 자리를 하도록 배려해주기까지 했을 정도였다.

전혀 예상도 못했던 임 병장의 제의에 나는 말문이 막혔다. 그러나 나는 이우고 거절의 뜻을 밝혔다. 매주 휴일을 포대원들의 머리와 싸우며 보낼 자신도 없었거니와 정작 가위질이나 바리캉질은 젬병일 것이 분명했기 때문이었다. 그러나 임 병장은 이미 작정을 하고 일부러 이런 시간을 만든 것 같았다.

「누군들 처음부터 이발을 할 수 있었던 사람이 있었겠어. 나 역시 이곳에 와서 처음 가위질을 해봤는데.」

나는 잠시 침묵하다, 다시 물었다. 김호근 일병이 생각났기 때문이었다.

「지금 임 병장님을 도와주고 있는 김 일병님도 있잖습니까.」

김호근은 논산훈련소 출신으로 후반기 운전 교육을 받다 뒤늦게 전입해온 운전병이었다. 수송부 소속인 김호근은 나보다 2개월 앞서 입대했지만 이곳에는 나보다 훨씬 뒤에 왔다. 후반기 교육을 받는 동안 그곳에서 훈련병들의 머리를 깎아주었다는 그는 이발 솜씨도 능숙해서 최근 들어서는 그가 쫄병들의 머리를 깎아주고 있었다.

「아무튼 난 자네가 맡아주었으면 해. 생각해볼 시간이 필요하다면 그렇게 하고. 어찌 보면 봉사하는 일이니 강요할 수는 없는 일이고.」

그날 나는 임 병장에겐 왜 꼭 나여야 하느냐는 따위를 묻진 않았다. 그 대신 그날 저녁 FDC 벙커로 하치우를 찾아갔다.

「무슨 이유가 있겠지. 정확히는 모르겠지만 임 병장님의 의도를 나는 알 것 같기도 하고……. 한번 해보는 게 어때, 쉽진 않겠지만 나도 짬짬이 거들어줄게. 나한테까지 그곳에서 군기를 잡진 않겠지?」

하치우가 웃으며 말했다. 결국 나는 하치우의 의견을 좇아 이발소를 맡기로 하였다. 그도 인정하고 있었지만 임 병장 역시 꽤 괜찮은 사람이었으니까 까짓것, 그깟 고생 못해줄 것도 없다고 생각했던 것이다.

그렇게 해서 나는 임 병장 밑에서 가위질과 바리캉질을 배우기 시작했다. 처음 한동안은 내 쫄병의 머리를 밤송이로 만들어놓기도 했고, 생머리를 잡아 뽑아 눈물을 끌어내기도 했지만 곧 그 일에 익숙해져 갔다. 하치우는 언젠가 내게 말했다.

「이윤이 너 사회 나가면 이발소 하나 내도 되겠다. 우리 포대 이발소가 많이 달라졌다고 포대원들이 좋아하던데.」

「그래요? 왜요?」

「이전에 이발소는 군기 잡는 곳이었거든. 그렇지 않겠어. 나도 그랬지만 이등병들은 머리 한번 깎으려면 얼마나 눈치가 보였겠어.」

「……?」

2000. 2.

「안녕하세요.」

인사를 받으며 사무실로 들어선 나는 우선 경리 겸 총무일을 맡고 있는 김현아 씨로부터 주문부수를 확인했다. 판매 부수가 현저히 떨어졌다. 요즘 같아서는 다른 출판사들은 어떻게 회사를 유지해 가는지 궁금할 정도였다. 나는 독립해 출판사를 낸 뒤 꽤 빠르게 자리를 잡은 편이었다. 그간에 낸 책 중에 몇 권의 베스트셀러도 있어서 경영상의 어려움은 별로 없었다. '단군 이래 최악의 불황'이라는 아우성처럼 갈수록 출판업이 조심스러워지고 있었다. 어쩌면 사업이라는 측면에서만 보자면 도대체 가능성이 희박한 업종이라 할 수 있었다. 그나마 지난달 출간한 『도대체 왜들 죽는가?』라는 프랑스 번역서가 큰 도움을 주고 있었다.

사람들의 자살을 다루고 있는 그 책이 잘 팔리는 것은 그만큼 시대가 살기 어려워서일 거라는 언론 서평들도 한몫했을 터였다.

김현아가 몇 군데 거래처와 필자로부터 걸려온 전화에 대해 설명하고 우편물 몇 가지를 내 책상에 올려놓고 나간 뒤 나는 편집장을 불렀다.

「진행되는 원고들은 어때요?」

「다른 건 원활한데 고성식 씨 원고가 문젭니다.」

「왜요?」

고성식은 수년 전 북한에서 귀순한 이로 김일성대학 출신의 엘리트였다. 그렇게 귀순한 이들이 제법 될 터이지만 그는 그 가운데서도 방송과 집필 등으로 성공적으로 이 사회에 정착하고 있는 이 가운데 한 사람이었다. 나는 개인적으로도 북이라는 사회가 궁금했기에 그에게 남북이 자연스럽게 비교되는 에세이를 써볼 것을 권했고 그도 적극적인 관심을 표하며 무난히 집필이 진행되고 있었던 것이다.

「고 선생님이 워낙 바쁜 모양입니다. 통화도 쉽지 않은데 간신히 연결돼도 미안하다고만 그러니 통 진척이 안 되고 있습니다.」

「왜 그러지, 생각이 달라져서 쓰고 싶지 않아진 건가?」

「아니 그런 것 같지는 않습니다. 계속해서 미안하다고 사장님한테 말씀 좀 잘해달라고까지 하던데.」

「그것 참, 시기를 놓치면 의미가 없는 원고가 될 텐데…… 알았어요. 내가 나중에 통화해볼게요.」

편집장을 내보내고 나는 오늘 자 일간지들을 끌어와 펼쳐 보기 시작했다. 똑같은 사건을 두고 각각의 신문의 논조는 현저하게 달랐다. 언제나 느끼는 점이지만 각 신문의 개성적인 보도 자체는 인정해야겠지만 뉴스는 사실 보도가 무엇보다 우선돼야 할 것 같은데 그게 그렇지를 않았다.

검찰이 강제 소환을 시도했던 국회의원이 회기 중 구속이 불가능하다는 점을 이용해 자진출두를 시사한 뒤 좀 잠잠해지는가 했는데 그 사건 이후의 여론 동향을 조사한 한 신문의 기사가 눈길을 끌었다. 질문은 세 가지로 요약할 수 있었다. 검찰이 현직 국회의원을 긴급체포하려고 한 데 대해 어떻게 생각하느냐? 영장 집행을 거부한 의원과 그가 속한 당의 태도는 옳았다고 생각하는가? 이번 사건이 곧 있을 총선에서 여야 어디에 유리하게 작용할 것으로 보느냐? 이에 대해 국민의 절반 이상이 강제 체포 시도에 문제가 있었다고 하면서도, 열 명 중 일곱 명이 또한 국회의원의 영장 거부가 잘못되었다고 답했다. 한편 이번 사건 이후 여야의 지지도에 많은 변화를 가져와서 집권 여당의 지지도가 하락하고 오히려 소환에 불응한 의원의 지지도가 올라가 지금의 격차가 좁혀질 거라는 전망이 우세했다. 결과적으로 그 의원은 또다시 얻을 건 다 얻은 셈이었다.

네 개의 일간신문을 대충 훑어보고 한쪽의 노트북을 끌어다 전원을 넣다가 나는 무심히 우편물 뭉치에 눈이 갔다.

언제나 비슷비슷한 광고 홍보지와 각종 청구서일 터인데 오늘은 문득 눈길을 끄는 것이 하나 있었다. 평소 같았으면 역시 뜯어보지도 않고 버려졌을 대학교 동창회보였다.

졸업 후 대학이라는 테두리를 거의 잊고 살아온 나였다. 그것을 펼치자 연회비를 청구하는 지로용지 한 장이 떨어졌다. 나는 역시 무심히 4·6배판 크기에 8면으로 구성된 그 회보의 이곳저곳을 들춰보았다. 동문 동정이라고 쓰여진 난을 펼치자 알 만한 면면의 근황도 적혀 있었다. 맨 뒷면 광고란에 총동창회 동문 주소록 발간을 알리는 고지 광고가 있었다. 졸업한 전 동문의 현재 연락처를 모았다는 설명이 붙은 그것을 보면서 그렇다면 이 속에 내 연락처와 주거지도 나와 있다는 것일까 궁금해졌다. 아주 오래전부터 학교와 관련된 곳과는 어떠한 접촉도 해본 적이 없으니 아마 그럴 리는 없을 것이었다. 그러나 모를 일이긴 했다. 굳이 내가 내 흔적을 숨기고 싶어서 피한 것은 아니었으므로 누군가 찾자고 마음먹었다면 파악에 어려울 것도 없었을 거라는 생각도 들었다.

나는 어느새 다시 그 여름의 시절로 돌아가 있었다.

1985. 9.

11개월 만에 나는 서울로 돌아왔다. 아니 돌아왔다는 말은 그때로 치면 적당치 않을 것이다. 엄연히 돌아갈 곳은 군대이고, 서울은 잠시 다녀갈 곳이었으니까. 잠시 다녀갈 서울은 그럴 수 없이 낯설었다.

어머니가 차려주는, 나만을 위해서 차린 식단의 밥상을 대하면서 내가 집에 와 있다는 것을 확인하곤 그 낯설음을 지우곤 했는데, 아버지 산소를 다녀오고 나서야 나는 비로소 외출을 감행했다.

새 학기가 시작되고 출석부 정리조차 제대로 되지 않았을 9월이었음에도 학교는 휴강 중이었다. 그러나 그것과 상관없이 학교를 지키는 사람들은 많았다. 지하철역 출구를 빠져나오면서 만났던 내 처지의 전투경찰들과 청기지 사내들은 학교로 가는 길목 곳곳에도 삼삼오오 무리지어 불심검문을 하고 있었다. 정문 앞은 사복

경찰을 포함해 대대 병력이 진을 치고 있었는데, 때는 그런 세월이었다. 그곳을 지나는 사람들 누구도 그것에 대해 이상하게 생각하는 사람은 없는 것 같았다.

「지금 입대는 패배야. 혼자만 도망치는 것도 옳지 않고. 군부독재는 조만간 끝장날 거야. 세상은 달라진다고.」

입대를 얼마 앞두고 만났던 상규는 술에 취하자 내게 불만스럽게 말했다. 그렇게 얘기하지 마. 패배고 승리고 하는 말을 쓸 만큼 우리가 무슨 대단키나 해? 누가 누굴 패배시키고 승리하고 그러니. 국가를 상대해서? 교문 앞의 짭새들에게? 독재가 끝나도, 니 말대로 세상이 달라져도, 상규 너나 내가 달라질 건 없어. 우린 이제 스물이야. 우리가 세상을 이끌어갈 순 없잖니…… 교정을 걸어 들어가면서 나는 머리가 아팠다.

「어, 윤이 형 아니세요? 휴가 나오셨네요.」

혹시나 해서 들른 학생회실에는 몇몇 후배들이 잠시 후 있을 시위에 쓸 피켓을 만들고 있었다. 그들 중 후배 하나가 반색을 해서 이런저런 얘기를 나누다 얘기 끝에 상규 소식을 들었다.

「상규 형 잠수 탔어요. 오늘 집회에 나올지도 모르겠는데, 한번 알아볼게요.」

후배는 구내전화를 이용해 몇 군데 전화를 넣어 보더니 고개를 저었다.

「오늘 서부지역하고 연합 시위를 하거든요. 그쪽으로 갈 것 같다는데요. 이곳은 너무 얼굴이 팔려 들어오기가 쉽지 않다나 봐요.

메모 남겨놨으니까 연락될 거예요. 형 시위 끝나고 한잔할까요?」

이것저것 신경을 써준 후배가 고마웠지만 나는 그 자리를 벗어났다.

「다음에 한잔 살게.」

혹시나 하고 들러본 도서관에도 역시 수연은 없었다. 밖은 금방이라도 폭발할 것 같은 긴장감이 감돌았지만 도서관 안은 다른 세계처럼 평온했다. 가끔 마주치는 아는 얼굴들과 시답잖은 인사말을 나누다 지쳐 그곳을 빠져나온 나는 수연의 집으로 전화를 넣어볼까 하다 그만두었다. 수연이 집에 있을 리 만무한 시간이었다. 휴가의 셋째날인 그날은 결국 기대했던 사람들은 한 명도 만나지 못하고, 돌아오는 길에 서점에 들러 사 온 몇 권의 책을 뒤적이다 잠이 들었다.

이틀이 지나서 수연에게 전화가 걸려왔다. 그날은 비가 내리고 있었다. 창밖의 비를 내다보며 존 바에즈를 듣고 있던 중이었다. 어머니가 전화를 건네주었다. 송수연이라는 친구란다.

「저예요. 나왔다는 소식, 학교에서 오늘 들었어요. 저녁에 그곳으로 나오라면 싫다고 할 테고 내일 만나요, 우리.」

수연이 그렇게 얘기하지 않았다면 나는 저녁 아니라 한밤중이라도 그곳으로 달려갔을 것이다. 그만큼 나는 낯익은 사람이 그리웠으니까. 수연이 말하는 그곳이란 그녀가 나가고 있는 야학을 말하는 것이다. 나는 너무나 많은 시간이 흘러 모든 게 낯설고 그녀 역시 많은 변화가 있을 것이라 짐작했지만 목소리만으로는 아무 변화를 느낄 수 없었다.

수연이 지정한 약속 장소는 청량리역 시계탑 앞이었다.

거리 감각을 잃은 탓이었을 것이다. 시계탑 앞에 도착하여 보니 약속 시간에 30분은 앞서 있었다. 시간을 때우기 위해 주변을 돌아다니다 나는 꽃가게가 보여 장미꽃 한 송이를 샀다. 좀 유치하다는 생각도 없지 않았지만, 그래도 왠지 그러고 싶었다. 굳이 수연을 생각해서였는지 그것을 확신할 수는 없었다.

5분 전에 시계탑 앞으로 다시 갔을 때, 수연이 거기 서 있었다. 살짝 어깨를 덮는 단발머리, 회색 면티에 청바지, 그리고 언제나 금방 빨아 신은 듯한 흰색 운동화. 수연은 11개월 전의 그때와 전혀 다르지 않았다. 그래서 안심이 됐다.

「군복을 입고 있을 줄 알았는데…….」

다가가는 내게 수연이 웃으며 말했다.

「왜?」

「그냥, 그냥 그럴 것 같았어요. 군복 입은 모습을 많이 그려봤었거든요. 아니니까, 오히려 조금 낯설다.」

나는 수연의 말을 이해할 수 있을 것도 같았고, 못할 것도 같았다. 나는 들고 있던 장미 송이를 내밀었다. 뜻밖이라는 듯 수연이 그런 나를 잠깐 쳐다봤다. 그냥 사보고 싶어서 산 것뿐이야, 라고 말했고 수연은 고마워요, 예쁘다며 그것을 자신이 메고 있던 어깨걸이 체크무늬 가방의 앞주머니에 보기 좋게 꽂았다.

가요, 수연이 말하곤 내 팔을 끌어 기차역을 향해 가기 시작했다.

「오늘은 마침 야학 강의도 없고 아르바이트도 쉬는 날이에요.」

경춘선의 종착역까지 표를 끊었던 우리는 그러나 대성리역에서 내렸다. 평일 오후였음에도 기차 안이 너무 붐볐고, 신입생 시절 MT를 한 번 다녀간 적이 있어 전혀 생소한 곳이 아니기에 내리기로 했던 것이다.

수연은 기차 안에서 군대 생활에 대해 물었고 나는 아주 좋다고 대답했다. 이제는 그곳이 그리워지기까지 한다고도 말했다. 수연은 지나는 말처럼 자신이 보낸 편지는 받아보았느냐고 물었고 나는 대수롭지 않게 고마웠다고 말했다. 그 일에 대해 잠시 무슨 말인가 덧붙이려고 하던 수연은 내 반응이 신경 쓰였던지 더 이상 묻지 않았고 대신 자기 아버지 얘기를 내게 처음으로 했다.

아버진 군도바리 출신이라고, 4·19가 있고 얼마 후였는데, 아버진 어머니를 차지하기 위해 그럴 수밖에 없었다고 자랑삼아 말씀하시곤 했다고 말했다. 내가 어머니가 무척 행복하셨겠다고 하자, 수연은 씁쓸하게 미소 지으며 군대를 불법으로 가지 않은 아빠가 정상적인 생활이 가능했겠느냐고 되물었다.

우리는 그런저런 이야기를 나누며 강가를 거닐었고, 구명조끼를 입고 시간당 5천 원 하는 보트를 탔으며, 강 건너 무허가 찻집에서 커피도 마셨다.

우리가 강변의 제법 널찍한 주점에 자리를 잡고 앉은 것은 6시가 조금 넘은 시간이었다. 그 시간임에도 이미 어둠은 두터운 군용 모포처럼 수면을 덮어버리고 있었다. 우리는 시장기를 느꼈다. 강이 내다보이는 창가에 자리를 잡은 우리는 밥 대신 동동주와 파전을 시켰다.

주량이 그닥 세지 않은 수연도 내가 마시는 속도에 얼마만큼의 보조라도 맞춰주기 위해 꽤 애쓰고 있는 듯했다. 수연이 앉은 뒤편 벽에 서울행 기차 시간표가 붙어 있었는데 나는 막차 시간을 눈에 넣어두었고, 그 시간에 맞춰 일어설 참이었다. 그러나 역시 술이라는 것은 묘했다. 수연도 가끔 자신의 뒤를 흘끔거렸는데, 어느새 기차 시간을 넘겨버렸고, 버스 시간을 요량해봐야 할 만큼 시간이 흘렀다. 그럴 즈음 나는 수배중이라는 상규를 화제 삼았고 그를 한번 만나고 돌아가고 싶다고 말했다. 그러자 수연이 말했다.

「상규 형 같은 사람, 참 부러워요…….」

그러나 수연의 얼굴은 말처럼 그렇게 부러워하는 얼굴은 아닌 듯했다.

「어떻게 하면 그렇게 자신이 하는 일에 확신을 가질 수 있을까요. 난 정말 잘 모르겠어요. 시위대를 따라 나가고 후배들을 데리고 구호도 외치지만 이런 방법밖에 없는가 싶기도 하고…… 언제나 내 외침은 형식적이죠.」

수연의 말에 나는 웃으며 그렇다고 역사 허무주의에 빠지면 곤란하지, 하고 말했다. 그러면서 갑자기 얼굴이 뜨거워졌다. 역사 허무주의라니, 상규도 아닌 내가 그런 말을 입에 올리다니. 상규가 포퍼의 역사주의에 대한 비판에 비판을 가하며 이제 자본주의의 모순이 극에 달해 사회주의로 이행되는 것은 역사의 합법칙성이라고 말했을 때 나는 말했었다. 세상이 그렇게 단순하다면, 지구상의 모든 나라가 한 체제 안에서 자유로워지는 게 네 말대로 역사의 합법칙성이라면, 그건 너무 재미없는 거 아닐까? 그러나 다행히 수연은 특별히 내 말에 귀 기울이고 있지 않았던지 절반쯤 비워진 자신의 술잔에 시선을 붙박고 침묵을 지키고 있었다. 그때쯤 나는 꽤 취기를 느끼고 있었다. 수연도 마찬가지인 듯했다. 나는 남은 잔의 술을 마시고 한 되들이 항아리를 동이째 들어 내 잔을 채우면서 이제는 돌아가야겠다고 생각했다. 결코 남 앞에서 흐트러진 모습을 보일 리 없는 수연이었지만 조금 걱정이 되었다. 어느덧 세 동이째의 동동주를 비운 뒤였다. 수연이 불현듯 물었다.

「선배는 대체 내게 뭐죠?」

한 학번 아래인 수연이 나를 부르는 호칭은 형과 선배 사이에서 왔다 갔다 한다. 어서 비우고 일어서야겠다는 생각으로 들어 올리던 잔을 어떻게 해야 할지 몰라 허공에 팔을 들어 올린 채 나는 수연을 바라보았다.

「상의 한마디 없이 군대 갈 생각을 하고 말 한마디 없이 휴학계를 내던지고, 1년이 지나도록 편지 한 장 없고, 그러면서 느닷없이 나타나 장미꽃을 내미는 형은 대체 내게 뭐냐고요?」

나는 할 말이 없었다. 나는 대체 수연에게 무얼까? 그에 앞서 수연은 내게 있어 뭔가? 모든 것이 '역사'로 재단되지 않으면 안 되는 도시, 평범한 한 가장의 죽음마저도 역사적이지 않으면 안 되는 도시를 떠나야겠다고 마음먹으면서는 전혀 의식되지 않았으면서도,

정작 이 도시에서 멀어지자 무시로 가슴을 울려오던 수연은 대체 내게 있어 뭔가?

얼마나 시간이 흘렀을까. 얼마간의 침묵이 흐른 뒤 내가 막 입을 떼려는데 수연이 건조한 목소리로 말했다.

「우리 일어나요. 좀 걷고 싶어요.」

일어서는데 수연이 휘청거렸다. 나는 얼른 수연의 한 팔을 붙잡았다.

주점을 나서자 밖은 칠흑 같은 어둠이 점령해 있었다. 달도 뜨지 않은 강변은 몇 군데 불 밝힌 장삿집을 빼고는 한 치 앞도 구분이 안 될 만큼 어두웠다. 나는 수연을 부축해 도로 쪽을 향해 걸었다. 괜찮다고 말하는 수연의 몸은 그러나 천근 무게였다. 나도 상당량의 술을 마셔 발에 힘이 빠졌지만 수연 때문에 상대적으로 정신이 맑아지고 있었다. 나는 간신히 손목의 시계를 살폈다. 11시가 가까워오고 있었다. 서울행 버스 편도 끊겼을 것 같은 생각이 들었다. 그때 수연이 발을 헛디뎠고, 어느새 내 팔에서 떨어져 나가 낮은 웅덩이로 굴렀다. 나는 놀라 수연을 부르며 그 웅덩이 속을 향해 미끄러져 내려갔다.

「괜찮아요. 조금 쉬고 싶어요.」

지친 수연의 목소리를 듣고 조금 안심이 되어 나 역시 수연의 옆에 활개를 펴고 누웠다. 별들이 보였지만 역시 주변은 어두웠다. 바닥을 살필 여유가 없었지만 등이 받치지 않을 만큼 풀들이 느껴졌다. 수연은 말이 없었다. 가까이서 바람을 가르고 달리는 차들이 엔진 소리가 가끔씩 들려왔을 뿐 주위는 적막했다. 어느 순간 수연이 몸을 뒤채는가 싶더니 활개를 치고 있는 내 팔뚝을 거쳐 어깨 가까이에 얼굴을 묻어왔다. 향긋한 풀내음 같기도 하고 장미 향기 같기도 한 달콤한 냄새가 코끝을 스쳤다. 아, 이건 뭔가? 나는 어쩔 줄 모르고 있었다. 적어도 나는 그런 경우 내가 어떻게 상대를 대해야 하는지 알지 못했다. 경험이 없기는 수연도 마찬가지인 듯했다.

수연의 얼굴이 다시 가슴 쪽으로 다가왔다. 나는 펼치고 있던 팔을 당겼고 자연히 수연을 안는 모습이 되었다. 그런 것인가? 나는 무엇을 어떻게 해야겠다는 생각도 없이 무의식적으로 수연의 얼굴을 찾고 있었다. 수연의 입술이 내 입술에 닿았다. 따뜻했다. 그건 내가 세상의 많은 것을 알고 난 지금까지도 어떤 것과 비교할 수 없는 신비한 느낌이었다. 따뜻하면서도 부드럽고, 비릿하면서도 달콤하고, 뜨거우면서도 포근한, 그건 적어도 내가 알고 있는 언어로 표현할 수 있는 것이 아니었다. 나는 그렇게 오래도록 따뜻하고 부드럽고 비릿하고 달콤하고 뜨겁고 포근한 맛을 느끼며 수연과 입 맞추고 있었다. 그리고 더 이상 어떻게 해야 할지 모를 즈음에 이르러 수연의 입술에서 떨어져 나온 내 입술이 수연의 코를 훑고 뺨을 지나 눈꼬리에 다다랐을 때, 뜨겁고 찝찔한 어떤 것이 혀에 감겨오는 것을 느꼈다. 나는 놀라 수연의 얼굴에서 입술을 떼어냈고, 수연을 바라보았다. 수연이 울고 있었다.

나는 어쩔 줄 몰라 수연의 이름을 불렀다.

「수연아, 괜찮아? 괜찮은 거니?」

수연이 감고 있던 눈을 떠 잠시 나를 바라보더니 내 한쪽 손을 끌어 자신의 가슴 속으로 이끌었다. 나는 거역할 수 없는 어떤 힘에 의해 손 하나가 수연의 가슴 속으로 파고들었고, 다시 감아버린 눈꼬리로 흘러나오는 눈물을 핥아 삼켰다. 그래야만 될 것 같았다. 수연의 가슴은 아늑했다. 정구공만 한 부드러우면서도 단단한 것이 손에 잡혔을 때, 그녀가 떨었는지 내 손이 떨렸는지 알 수 없었다. 수연의 손 하나가 가슴을 쥔 내 손 위에 얹혀져 왔고 힘이 실렸다. 따뜻했다. 시간이 멈춘 듯 텅 비어버린 머리로 나는 그렇게 오래도록 수연의 한쪽 가슴을 손에 넣고 흘러내리는 눈물을 핥았다. 어느 순간 수연이 말했다.

「아빠가 보고 싶어요.」

왜 그랬을까? 나는 수연의 그 말에 퍼뜩 정신이 들었는데, 그 순간 돌아가신 아버지의 파리한 얼굴을 보았던 것도 같다. 나는 서둘러 수연을 일으켜 세우기 시작했다.

「그래, 가자.」

그날 버스도 끊긴 그곳에서 서울로 돌아오기는 쉽지 않았다. 택시도 잡히지 않았고, 우리는 화물 트럭 하나를 세워 간신히 얻어 타고 서울로 돌아왔다. 돌아오면서 수연은 줄곧 내 가슴에 얼굴을 묻고 침묵하고 있었는데, 정말로 많은 생각에 입을 다물고 있는 사람처럼 보였다. 나 역시 그런 수연을 방해하지 않았다. 문득 수연의 아빠라는 사람은 어떤 사람일까, 생각했던 것 같다.

그날 이후, 나는 수연을 한 번 더 만났다. 내가 그녀의 야학으로 찾아가서였다. 우리가 나눈 얘기는 아주 일상적인 것이었다.

그날 수연은 취해 있었던 것이고, 그런 수연의 행동에 대해 그녀 자신의 의지가 아니었다면 그 자존심을 지켜주고 싶었으므로 나는 그날 밤 일을 은연중 화제 삼지 않았던 것이다.

메모가 전달되지 않았던 것인지, 그럴 리는 없겠지만 자신과 달리 냉정하게 그 사회를 포기하고 떠나버린 나에 대해 아직도 앙금이 남아 있어서인지 내가 휴가를 마치고 복귀하는 날까지도 상규로부터는 끝내 연락이 없었다.

2000. 2.

이번에 출간할 『현대인의 우울에 관하여』 교정지를 끌어안고 있었지만 글이 눈에 들어오지 않았다.

나는 허리를 펴고 앉아 생각에 잠겼다. 난감한 기분이었다. 과거에 대한 괜한 추억으로 인해 시간을 낭비하고 있는 내가 우스웠다. 더 이상 생각지 말자 마음먹어도 의식은 또 마음과 달리 어느새 까맣게 잊고 있던 기억들을 샘물을 퍼올리듯 길어 올렸다. 나는 문득 떠오른 생각에 아까 밀쳐두었던 대학 동창회보를 다시 집어 들었다. 예상대로 뒷면 동문록 광고란에 연락처 전화번호가 있었다. 나는 수화기를 집어 들고 전화번호를 눌렀다. 전화기 저쪽에서 젊은 여자의 목소리가 들렸다.

「총동창회 사무실인가요?」

「아닌데요?」

「아니라고요?」

「실례지만 무슨 일 때문에 그러시지요?」

「동문록 때문에 그러는데요.」

「아, 그 문제라면 말씀하시죠. 여긴 동창회 사무실은 아니지만 그것을 제작하고 관리하는 곳이거든요.」

「그렇군요. 그럼 그 동문록 한 권을 구할 수 있을까요? 저는 그 대학 졸업생인데.」

「물론이지요. 저희가 동문들에게 일일이 책을 발송해 드렸는데 못 받아보셨나 보죠?」

「그랬나요. 아무튼 지금 바로 구입할 수 있겠습니까?」

「그러세요. 동문록 비용이 5만 원입니다. 책 속에 지로용지를 동봉하겠습니다. 주소를 좀 일러주시겠어요?」

「아니, 그냥 퀵서비스로 바로 받아봤으면 좋겠습니다. 비용은 이쪽에서 내도록 하겠습니다.」

「그렇게 하시죠.」

나는 이곳의 위치를 알려주고 전화를 끊었다.

나는 다시 교정지를 끌어안았다.

나는 출판을 시작하면서 세운 원칙이 하나 있었다. 아무리 바빠도 재교지는 내가 읽는다는 것이었다. 모든 원고에 대해 책상에 붙어 앉아 꼼꼼히 오자를 잡을 시간은 없었기에 최종 교정지까지 볼 수는 없었고, 갓 조판을 마친 초교지는 내용까지 훨씬 다듬어져야 할 경우가 많아서 재교지쯤에서 보고, 필요하다면 작가에게 의견을 주자는 생각에서였다.

얼마나 지났을까. 문을 두드리는 소리가 들리고 김현아가 대학 노트 크기의 두툼한 책자 한 권을 가지고 들어왔다.

「책이 왔는데요.」

나는 동문록을 받아 들고 책상으로 돌아와 앉았다. 케이스를 벗겨내고 빠른 손길로 책장을 넘겼다. 역시 내 생각은 옳았다. 국어국문학과를 찾고 입학년도를 찾자 거기 어김없이 수연의 이름 석 자가 박혀 있었다. 어린아이처럼 가슴이 떨렸다. 그러나 거기엔 자택 주소와 전화번호만이 나와 있었다. 그 위아래의 낯익은 이름들 옆에는 근무지와 직위, 전화번호가 적혀 있었지만 수연에겐 그것이 없었다. 나는 약간 실망스럽기도 하고 안도하기도 했다. 만약 사무실 번호가 나와 있었다면 그저 한번 확인이라도 해볼 생각이 들었는지도 몰랐다. 나는 이 연락처의 신빙성을 확인하는 심정으로 내 이름을 찾아보았다. 수연의 한 학번 위쪽에 역시 내 이름이 나와 있었다. 나는 내 옆에 적혀진 주소와 전화번호를 확인했다. 그러나 거기엔 결혼 전 내 집 주소와 이전 직장의 회사명과 전화번호가 박혀 있었다. 나는 실망스러웠다. 그렇다면 수연의 집 전화번호도 이전의 것일 게 거의 확실해 보였다. 나는 다시 한번 그 전화번호를 보았다. 그랬다. 그러고 보니 기억에 남아 있는 번호였다. 십수 년이 흐른 지금도 그 일곱 개의 숫자는 익숙하게 내 입에서 읊조려지는 것이었다. 나는 쓴웃음을 지으며 고개를 저었다.

나는 혹시나 하는 심정으로 이번엔 경제학과를 찾았고 85학번의 이름들을 확인했다. 김씨가 여덟 명, 그러나 역시 그중에 김영수의 이름은 없었다. 나는 어쩐지 화가 나서 동문록을 거칠게 덮어버렸다.

1986. 5.

내가 가위질, 바리캉질에 익숙해질 무렵부터 임 병장은 이발소를 드나드는 일이 거의 없었다. 그렇게 되기까지는 오랜 시간이 걸리지 않았다. 임 병장은 포대의 고참들이 휴가를 나가면서 특별히 부탁하는 머리까지 당시 일등병이었던 내게 깎도록 만들었고 누구도 그런 것에 대해 불만을 갖지 못하도록 했다. 나로 하여금 일찌감치 자리를 잡을 수 있도록 하기 위한 배려였을 것이다. 와중에 나는 이발소의 다른 이면을 속속들이 들여다보게 되었다. 그곳에서의 이발소는, 한마디로 식기장과 함께 포대 내 사병들을 구타하는 합법적인 체벌소에 다름 아니었다. 사병들 사이에서의 폭력은 군기와 질서 유지라는 명목이 서 있었기에 부대 내 간부들조차 은연중 묵인하는 측면이 있었다. 그때쯤 들어서야 나는 임 병장의 의도를 조금은 알 것 같았는데 할 수만 있다면 내가 관리하는 동안만큼이라도 그곳에서 폭력이 이루어질 수 없도록 하고 싶었다. 그런 바람은 어느새 포대 내 최고참이 되어 있었던 임 병장의 측면 지원에 힘입어 현실화되어 갈 수 있었다.

「나 가네. 가끔 자네 생각 좀 날 거야.」

내가 새로 온 포대장의 목덜미에도 능숙하게 면도날을 댈 수 있게 되었을 즈음 임 병장은 떠났다. 자유를 찾아 간 것이다. 그렇게 군대에서의 두 번째 겨울은 갔고, 봄이 지나 여름이 오고 있을 즈음 내 군 생활도 어느 정도 이골이 나 있었다. 그럴 즈음 그가 왔다.

「이 상병님! 왔습니다, 왔어요.」

대대 내무검사에 대비해 사역장에 나가는 대신 이발소 집기를 정리하고 있던 중이었다. 행정반 구 상병이 갑자기 이발소 문 앞에 나타나 호들갑스레 말했다.

「내무검사는 내일인데, 오긴 누가 와.」

「글쎄 왔다니까요. 이 상병님 오늘 한턱 내셔야겠습니다.」

구 상병의 계속되는 수선에 할 수 없이 손을 멈추고 그를 돌아보았다.

「이 상병님 후배가 왔다니까요. K대 다니다 왔대요.」

그제야 나는 구 상병의 갑작스러운 수선을 이해할 수 있었다. 자신과 아무런 관계가 없는, 고참의 학교 후배가 전입을 오게 된 일이 그렇듯 수선을 피울 일인가 싶기도 하겠지만 그게 그렇지를 않았다. 이제는 떠나온 사회였지만 그곳을 추억할 수 있는 일이라면 그

것이 무엇이든 자신의 과거와 연관시켜보려고 노력하는 곳이 또한 그 사회이기도 했다. 내가 마포에 살고 신촌 거리를 조금 알고 있다는 이유만으로 그 주변 대학을 다니다 입대한 구 상병은 누구보다 내게 많은 관심을 보여왔던 것이다. 구 상병의 기분을 완전 무지르는 것도 못한 듯해서 나도 일정하게 박자를 맞추어주었다.

「그래? 지금 어디 있는데?」

「행정반에 데려다 놨어요. 신상기록부 적고 있어요.」

「데리고 오면서 벌써 한딱까리 한 것 아냐?」

나는 짐짓 험악한 표정을 지으며 으름장을 놓았다. 내가 처음 이곳으로 내려올 때도 행정반 박 병장에게 당한 일이었지만 대개의 신병들이 그런 과정을 거쳐 포대로 내려오곤 했기에 해본 소리였다. 공교롭게도 구 상병은 나보다 석 달 밑이지만 박 병장의 후임이기도 했다. 내가 임 병장의 후임으로 그를 제대시킨 것처럼 그는 박 병장을 제대시킨 후 행정반 서무계 선임이 되어 있었던 것이다. 시간은 그런 것이다. 박 병장은 나를 오리걸음 시켜 이곳으로 데려왔는데, 이제 그의 후임인 구 상병은 내 후배를 그렇게 데려와 내게 미리 알려주고 있는 것이다.

「이거 왜 이러십니까. 벌써부터 편애하는 겁니까?」

나는 구 상병을 따라 행정반으로 향했다. 모두가 사역을 나가버려 포대 막사는 한가로웠다. 행정반 문을 열자 과연 그곳에 갓 전입온 신병 하나가 앉아 있었다.

「야, 신병!」

나는 우정 목소리에 위엄을 실어 그를 불렀는데 무언가를 끄적거리고 있던 그는 오히려 태연하게 고개를 들어 앞에 선 나를 바라다보았다.

어, 이 녀석 봐라. 나는 조금 놀랐다. 그의 태도는 적어도 갓 전입 온 신병의 그것이 아니었던 것이다. 훈련소 6주 동안 귀에 못이 박히도록 교육 받는 것이 복명복창이었다. 그는 그것조차 잊은 듯 나를 멀뚱멀뚱 올려다보고만 있었다.

「이 상병님 고민 좀 받겠는데요. 똑똑한 후배 둬서.」

자기 자리에 돌아가 앉았던 구 상병이 웃으며 한마디 하고 나섰다. 그러곤 신병을 향해 위압적으로 소리쳤다.

「차렷!」

그가 허리를 꼿꼿이 세우며 앉은 자세로 부동자세를 취했다. 그러나 여전히 복명복창은 나오지 않았다.

「이 새끼 빠져가지고, 너 대답 안 해?」

그러자 그가 어눌한 목소리로 그리 크지도, 작지도 않은 목소리로 네, 이병 김영수, 했다.

나는 구 상병을 눈짓으로 제지하고 그에게 물었다.

「학교 다니다 왔다고? 어디 학교 무슨 과야?」

「K대 경제학관데요.」

그가 대답했는데, 그 어투는 전혀 군대식이지 못했다. 적어도 갓 전입 온 이등병이라면 그런 식으로 말해선 안 되는 거였다. 그것 역시 훈련소에서 충분히 교육되었을 터였다. 한동안은 사제말을 쓰지 마라. 그렇습니다. 아닙니다. 그렇습니까? 안 그렇습니까? 까, 아니면 다다, 알겠나? 이 시간 이후로 그 외에 다른 말을 사용하는 자가 있다면 그만한 대가가 지불될 것이다. 훈련소 내무반장의 말이었다. 보통이라면 '네 이병 김영수 K대 경제학과 다니다 왔습니다.' 해야만 했던 것이다.

「저치, 이제 보니 완전히 고문관이네. 너 일부러 그러는 거야, 아니면 정말 멍청한 거야?」

구 상병이 어처구니없다는 듯 혀를 찼다.

「내가 잠깐 데려가도 되겠지?」

「인사계님이 찾을 텐데…….」

「늦지 않을게.」

「빨리 보내주세요.」

나는 그를 데리고 이발소로 갔다.

「여긴 포대 이발소야, 앞으로 네 머리도 신세를 져야 할 곳이지.」

나는 그를 의자에 앉도록 한 뒤, 뭘 좀 먹을래? 하고 물었다. 그는 말없이 나를 쳐다봤다. 나는 그가 내 말뜻을 잘 이해하지 못했을 것이라고 생각하고, 천장 속에 감추어두었던 가스버너를 꺼내고 반합에 물을 따라 불에 얹었다.

「몇 학번이지?」

이제 그를 마주 보고 앉으며 물었다.

「85학번입니다.」

그는 역시 무표정하게 대답했다. 그의 그런 태연함이 혹시 자신이 뒤늦게 입대를 해 나이가 많다는 것을 시위하려는 것인지도 모른다는 생각에 나는 일부러 말했다.

「그래, 나보다 한 해 밑이군.」

그러면서 그의 외모를 눈여겨보기 시작했다. 고집스럽게 다문 입술은 검고 두터웠고, 작다고 할 수 없는 눈의 꼬리는 처져 있었다. 꾸부정한 키 탓인지 전체적으로 여위어 보였고 익숙지 않은 군복 탓인지 어눌해 보이기도 했지만 앉아 있는 자세는 더할 수 없이 태연했다. 여전히 나는 그가 갓 전입 온 신병이라는 느낌을 못 받고 있었다.

「어서 먹어라. 시장할 텐데.」

나는 알맞게 끓인 라면을 식기에 부어 그의 앞으로 밀어주었다. 말년 병장쯤이나 되어야 가능한 그것을 무리해서 끓여내 놓은 것은 이제 갓 훈련소를 빠져나왔을 그를 안심시키기 위해서였다. 그러나 정작 그는 입을 다문 채 도리질을 쳤다.

나는 그 말없는 사양을 공연히 해보는 것이려니 했다. 그러나, 괜찮다고, 어서 먹으라고, 스푼을 손에 쥐어주기까지 했지만 그는 몇 번 라면 속을 끄적이더니 이내 스푼을 내려놓아 버리는 것이었다. 그런 그를 대하면서 나도 이젠 언짢아져버렸다.

나는 더 이상의 권유를 포기하고 미처 식지도 않은 그것을 앉아 있는 의자 한 귀퉁이 밑으로 밀어넣었다. 괜시리 벌여놓은 상황이 후회되었다.

「그래, 학교는 어때?」

그리 크게 변했을 리도 없고, 딱히 궁금한 것도 아니었지만 나는 학교에 대한 화제라면 그의 닫힌 입을 좀 열 수 있지 않을까 싶어 다시 물었다.

「…….」

그러나 여전히 그는 말이 없었다. 그러면서 나를 멀뚱하게 쳐다보는 것이었다.

별난 놈이다. 나는 그렇게 결론을 내렸고, 이 녀석이 정말 후배이긴 한 건가 하는 쓸데없는 의구심도 들었다. 그러면서 한편으론 그가 정말 나를 귀찮아하고 있는지도 모르겠다는 생각이 들었다.

몇 살이야, 여자친구는 있어? 몇 번이나 따먹고 왔어? 여동생 있어? 넌 데모하다 오진 않았지? 고참들의 엇비슷한 질문질문들, 무엇이 궁금해서라기보다는 그렇게 관심을 보이는 것이 상대와 가까워져가는 과정이라는 사실을 나중에야 알게 되었지만 신병 시절의 나 역시 귀찮고 지겹긴 매한가지였다.

그렇게 생각을 몰아가자 그를 이해 못할 것도 없었다. 그래서 이번엔 내가 그에게 묻는 것이 아니라 그가 이곳 생활에 필요한 것들에 대해 묻도록 해야겠다고 마음을 고쳐먹고는 이런저런 이야기들을 해주기 시작했다. 그러나 내가 막, 이 군대라는 곳이, 아주 단순해서 만화책을 보고 있는 것처럼 썰렁하고 우스워 보일 때도 있지만 그래도 진지한 구석이 더 많다며 몇 가지 예를 들어가던 중이었다. 나는 어느 순간 이명처럼 들려오는 낮은 허밍 소리를 어렴풋이 들었다. 나는 순간 이야기를 멈추고 그를 보았다. 그때 그는 들릴

듯 말 듯 콧노래를 흥얼거리고 있었다. 그 허밍의 박자를 좇아 나무 의자의 등받이를 손가락으로 가볍게 두드리기까지 하면서. 순간 나는 섬뜩해졌다. 그가 내 말을 듣고 싶지 않아 부러 시위라도 벌이고 있는 것인지, 정말 지금까지의 내 말들이 그의 귀로 흘러 들어가지 않은 것인지 전혀 판단을 내릴 수가 없었다. 내가 말을 멈추고 그를 바라보고 있는 사이에도 그의 박자가 실린 낮은 허밍 소리는 계속되고 있었다. 그렇게 생각해서였을까, 그때쯤 그의 눈은 초점을 잃고 허공을 떠돌고 있었다. 나는 마치 괴기 영화의 주인공이라도 되어 있는 것처럼 께름칙해졌다. 더 이상 그와 마주 앉아 있기가 싫었다. 결국 나는 더 이상 무의미한 대화를 끝내고 그를 데리고 나와 행정반으로 향했다.

「회포는 푸신 겁니까? 어찌 되었건 한턱내시는 겁니다.」

구 상병이 너스레를 떨었지만 나는 그조차 돌아보지 않고 서둘러 행정반을 나와버렸다.

짧은 기간이었지만 김영수의 자대 생활은 독특했다. 김영수는 기상 점호를 취하고 아침을 먹은 뒤 하루 일과가 시작되는 순간부터 대열에서 열외되어 따로 포대장실로 불려 갔고, 일과가 끝나고 점호 준비로 어수선한 틈을 타 어느새 내무반으로 돌아와 있곤 했다. 그러나 그런 생활도 오래가진 않았다. 자대로 내려온 지 정확히 5일째 되는 날 김영수는 떠났다. 누구나 치르던 신병 신고식도 치르지 않은 채였다. 그런 그가 정확히 어떤 식으로 부대를 떠났는지는 아무도 모른다. 모두가 사역을 나가버린 낮 시간이었고, 구 상병은 대대 인사과의 전화를 받고 포대장의 지시에 따라 급하게 그를 올려 보낸 것밖에 그 이상은 아는 것이 없다고 말했다. 그가 속해 있던 여섯포반에서조차 그날 저녁 점호시간이 되어서야 그의 부재를 알게 되었고, 그의 관물대가 비어 있다는 것을 알고 나서야 그가 떠났다는 것을 확인했던 것이다. 김영수가 떠나고 난 뒤, 그에 대한 후문은 비밀스러웠던 그의 자대 생활만큼이나 구구했다.

「걔 훈련소 동기를 아는데, 걔가 훈련 도중에 거품 물고 쓰러진 적도 있었다두만. 간질병이라나 뭐라나, 평소엔 아무렇지도 않다가 그런다는 거야.」

「그 자식 꼰대가 육본에 있다더라. 그야말로 실세데 마누라 성화에 수방사로 불러들였다던데.」

「아냐. 애가 완전히 고문관이었잖아. 내가 보초 서고 있다가 봤는데 걔 의무대 차로 떠나더만. 정상이 아니라는 얘기야. 체질이 아닌데 군대 와서 충격 먹고 정신병원으로 후송 간 거야. 거기서 제대하겠지.」

그렇듯 확인할 수 없는 소문들이 한동안 은밀하게 내무반을 떠돌았지만 그것도 잠시였다. 부대는 곧이어 대대 종합훈련과 체육대회를 치렀고 모두는 그를 잊었다. 적어도 그때는 그가 다시 돌아오리라고 생각했던 사람은 아무도 없었을 것이다.

2000. 2.

책상 위 인터폰이 울리고 김현아의 목소리가 흘러나왔다.

「사장님 고성식 씨 전화 연결됐습니다. 1번입니다.」

나는 수화기를 들고 연결 버튼을 눌렀다.

「이윤입니다.」

「고성식입니다. 안녕하셨어요?」

「예, 잘 지내셨습니까?」

「죄송합니다. 그간 연락도 못 드리고. 제 신변에 좀 문제가 생겨서 정신이 없었습니다.」

「저런, 제가 혹 도움이 될 일이라도?」

「아닙니다. 이젠 어느 정도 정리가 됐습니다. 죄송합니다. 출판사의 계획도 있고 할 텐데 무작정 연락을 끊고 있어서.」

「아닙니다. 선생님 사정이 그랬다면 할 수 없는 것이죠.」

「시간이 괜찮으시면 한번 직접 뵙고 드릴 말씀이 있는데요.」

「그렇게 하시죠. 어떻게 만나면 되겠습니까?」

「오늘 저녁 시간은 어떠십니까?」

「그럼 그렇게 하시죠. 식사나 함께하죠.」

나는 시간과 약속 장소를 정한 뒤 전화를 끊었다. 크게 한 일도 없이 어느새 퇴근시간이 가까워오고 있었다.

고성식과의 저녁식사 자리는 처음부터 무겁게 시작되었다. 강남의 한 중국집에서 인사를 나누고 난 뒤 그는 지금 상태로 글을 쓸 수 있는 입장이 못 된다는 뜻을 전해왔다. 결론적으로 계약을 취소했으면 한다는 것이었다.

북한에서 이공계로서는 최고로 손꼽는 김책공대를 나오고 독일 유학까지 하고 귀순해 남한에서 꽤 성공한 인물로 인식되는 그가 그날따라 몹시 피곤하고 초췌해 보였다.

그는 그간에 가족처럼 믿고 따랐던 어떤 사람에게 배신을 당한 뒤 힘들었던 상황을 털어놓았다. 나는 지금 심경은 이해하지만 그렇게 극단적으로 정리할 필요까지 있겠느냐고 조금 시간을 갖자고 했다. 그러나 그는 이미 결심이 선 듯했다.

「사람이 사람을 믿지 못하는 사회가 되면 무서운 일이죠. 남한에 와서 한 십여 년 참 열심히 살아왔는데 이런 일을 자꾸 겪다 보니 자신이 없어집니다.」

「그래도 고 선생님은 누구보다 잘해오셨잖습니까?」

「그렇긴 합니다. 나와 함께 비행기를 탔던 친구도 그랬지만 많은 분들이 힘들게 넘어와서 이 사회에서 낙오했죠.」

「그런가요? 저희가 아는 정보라고 해야 겨우 언론을 통해서이니 많은 분들이 고 선생님처럼 남한 사회에 잘 적응해 사는 줄 알았는데, 그렇지도 않은가 보군요.」

나는 언젠가 신문에서 김일성대학 교수 출신의 귀순자 한 사람이 주식 투자로 1년 만에 7억을 벌었다는 기사를 떠올리며 말했다.

「대부분이 남한 사회가 지긋지긋하다고 해요.」

나는 그런 말을 들으면서 마음이 무거웠다.

「결국 우리 같은 자본주의 사회에 잘 적응하기 힘들다는 이야기일까요? 원래부터 정반대의 사회에서 살아왔으니?」

그는 조금 생각하더니 말했다.

「각자의 노력으로 부를 취한다는 게 잘못된 제도라고 말할 수는 없을 겁니다. 돈을 벌려고 노력했고 지금도 애쓰고 있는 내 입장에서는 더욱 그렇죠. 틀림없이 저는 그 속에서 혜택을 누렸고 주변에서 이야기하듯 성공한 사람이니까요. 그렇지만 지금의 내 모습이 정말 내가 모든 것을 버리고 넘어와 꿈꿔왔던 모습인가, 나는 정말 행복한가 물으면 자신 있게 그렇다고 대답할 수는 없을 것 같아요.」

「남한의 어떤 모습이 그렇게 고 선생님을 힘들게 하던가요?」

「돈이면 다 된다는 생각, 역으로 말하면 돈 앞에서는 아무도 믿을 사람이 없다는 생각이 무서운 거 같아요. 북한은 못살지만 서로가 못사는 만큼 서로에게 관심이 많죠. 여기처럼 각박하지는 않다는 겁네다. 모든 가치 기준을 돈으로 재려 하는 사람들 속에 있다 보니 적응이 잘 안 되네요.」

나는 고개를 끄덕였다. 나는 술잔을 주고받으면서 이런 이야기도 물었다.

「얼마 전 북한의 농구팀이 다녀갔잖습니까? 그때 이명훈 선수의 인터뷰 모습을 보면서도 다시 한번 느꼈지만 북한 동포들은 남녀노소 누구를 막론하고 말하는 걸 들어보면 상당히 논리적이던데. 왜 그럴까요?」

「북한 학교에서는 기본적으로 객관식 시험 문제라는 게 없습네다. 아주 어릴 적부터 시험을 봐도 모두가 주관식뿐이거든요. 당연히 평가를 받으려면 무엇이든 자기 생각을 논리적으로 써야만 하는 것이죠. 그건 일상생활에서도 그런데 그렇게 오랜 기간 훈련되다 보니까 언제 어느 장소에서건 질문을 받게 되면 자동적으로 기승전결이 이루어져 말이 나오게 되죠. 그런데 남한 사람들은 뭐에 대해 물으면 예, 아니면, 아니오라고 간단히 답해버리고 입을 다무는 경우가 많은 것 같아요. 저 같은 사람은 그런 사람들 속을 전혀 알 수가 없어 답답했던 적이 많았습네다.」

그의 말을 어떻게 받아들여야 할까? 솔직하다고 해야 할까? 나는 그에게 귀순한 것을 후회하느냐고 조심스럽게 물었다. 그 물음에 대해서만은 그는 확고히 고개를 저었다.

「사회주의는 역사적으로 실패했다는 게 증명되지 않았습네까.

내가 유학 생활 중에 방학을 맞아 북한에 오면 아버님이 나를 앉혀 놓고 우리 성식이 외국 나가서 무슨 공부를 하고 왔나 어디 좀 들어보자우 하곤 하셨죠. 나는 그때 이미 김일성이 장기 독재를 하고 있고 그것이 우리 사회를 고립시켜 못살게 하고 있다고 대답했습니다. 외국에 나가 보니까 그런 게 보이더라 말씀드렸죠. 아버님께서는 얼굴이 어두워지시면서 자신도 잘 알고 있다고 하셨죠. 그러나 저 보고 당부하시곤 했어요. 성식이 니가 혼자 나서서 될 일이 아니다. 아버지 주위에도 그런 생각을 하는 사람이 많이 있지만 그래서 달라질 게 없다는 걸 잘 알고 있어서 그냥 모른 체 살고 있는 거라고 말예요. 그러니 나보곤 공부나 열심히 하면 된다고. 그렇지만 저는 답답했고 이래선 안 되겠다 싶어서 귀순했죠. 난 나에게 기회를 준 남한 사회에 감사하고 있어요. 귀순을 절대 후회하진 않죠.」

1986. 8.

어느 날인가 하치우가 사라졌다. 주말이면 어떻게든 한 번씩이라도 이발소에 들러 가곤 하던 그가 그 주엔 보이지 않았다는 걸 기억해낸 건 물론 훨씬 뒤의 일이었지만 그가 생각나서 FDC에 들르자 쫄병 하나가 그의 부재를 일러주었다.

「하 병장님, 떠나신 지 며칠 됐잖습니까?」

쫄병은 오히려 내게 하치우의 행방을 묻고 싶어 하는 눈치였다. 휴가라도 갔단 말야? 내가 묻자 그는 고개를 갸웃했다.

「그건 아닌 것 같은데…… 그런 것도 같고, 전포대장님 말씀으로는 며칠 파견 나갔다고도 하구요.」

횡설수설하는 그를 뒤로하고 내무반으로 돌아오면서 나는 하치우가 밖에 무슨 일인가 생겨 급하게 청원 휴가라도 나간 모양이라고 생각했다. 지나는 길에 구 상병에게 묻자 그도 잘 모르는 눈치였다.

「아직 안 왔어요? 나도 깜박 잊고 있었네. 그날, 저도 못 봤어요. 대대로 바로 올라가서 떠난 것 같아요.」

「포대에 신고도 않고?」

「포대 신고야 포대장님이 대대에 올라가서 받을 수도 있는 거니까 난 그런 줄 알았죠. 포대장님이 내려와서 하 병장님을 잠깐 총원에서 빼두라고 해서 그냥 그러려니 했죠. 그런 일이야 가끔 있는 일이잖아요.」

「그게 언제였지?」

「지난 금요일이니까, 벌써 4일째네요. 잠깐 파견 나갔나 보죠 뭐. 그곳에서 며칠 휴가를 갔을 수도 있고.」

하치우는 그러고도 이틀이 지나서야 돌아왔다.

일찌감치 물러간 장마 뒤에 태양 역시 예년에 없이 뜨거웠다. 바람 한 점 묻어나지 않는 그 길을 하치우는 혼자 걸음으로 올라왔다.

아지랑이처럼 풀풀 피어오르는 복사열 속을 뚫고 주도로를 따라 포대 막사로 향해 오고 있는 하치우가 내 눈에 들어온 것은 대대 2·4종 창고 앞의, 비로 쓸려간 배수로 작업을 하다 무슨 일인가로 포대로 내려오던 중이었다.

그도 나를 봤겠거니 싶어 알파포대 앞을 막 지나 그를 부르지 않고 포대 막사로 걸어 내려왔지만 그로부터는 아무런 반응도 없었다. 주도로에서 막사로 꺾어 들어서는 초입에는 두 그루의 플라타너스가 좌우로 심겨져 있었는데 넓적한 잎이 그늘을 지어놓은 그곳을 통과해 들어서는 그의 걸음이 한순간 휘청거린 듯도 했다. 그는 땅바닥만 내려다보고 있었으므로 내가 가까이 가도록 나를 의식하지 못했다.

「하 병장님!」

한쪽 어깨에 삽 한 자루를 비껴 메고 바로 그의 옆에까지 근접했던 나는 조금 의아해하며 그를 불러 세웠다. 그제야 하치우가 고개를 들고 나를 돌아봤다. 돌아보는 그의 이마에 송글송글 땀방울이 맺혀 있었다.

「집이 좋긴 좋았던 모양입니다. 아직까지 사젯물이 그대로예요.」

내가 너스레를 떨며 다가가자 하치우가 조금 놀라는 표정을 짓다 이내 웃음을 지어 보였다. 얼굴에 피로가 깃들어 있었다.

「무슨 일 있었어요? 휴가 다녀오는 거면 메모라도 남기고 가지, 궁금했잖아요.」

「미안, 경황이 없었어…….」

「복귀 신고하러 가나 보죠? 들어가보세요. 저녁 때 보죠.」

「그럼 그럴까…….」

하치우가 포대사전 쪽으로 몸을 틀었고 나는 세면장이 있는 쪽으로 걸음을 옮겼다.

「아 참, …….」

하치우가 다시 돌아서며 나를 불렀다.

「이발 좀 할 수 있을까? 저녁 때?」

「……?」

그러고 보니 왠지 낯설고 초췌해 보이는 얼굴이 덥수룩하게 웃자란 머리칼 때문인 것도 같았다.

「그렇게 하죠.」

하치우가 나를 찾아 1내무반으로 온 것은, 저녁식사 후 점호 준비를 위해 군화에 솔질을 하고 있을 때였다.

하 병장님 휴가 다녀오셨나 보죠? 말년에 또 무슨 휴갑니까? 하는 소리들에 말없이 고갯짓으로 답해 넘기며 들어서는 그를 보고 나는 군화를 침상 밑으로 밀어 넣고 그에게 다가갔다.

평소에는 문을 잠가두고 있는 이발소 문을 따고 들어가자, 이발기구를 풀어 담가둔 알코올과 머리칼 특유의 단내가 물씬 풍겨왔다. 환기를 시킬 겸 문을 열어두고 의자에 앉으라고 하자, 하치우는 문을 닫아주었으면 했다.

「남들 점호 준비하느라 바쁜데, 나만 이발소에 앉아 머리 깎는 게 조금 그렇군.」

그러마고 나는 문을 닫았다. 하치우는 전투복 상의를 벗지 않고 칼라만 속으로 집어넣은 채 거울 앞 의자에 자리를 잡고 앉았다.

「바빠요? 더운데, 벗고 하지?」

머리를 깎는데 상의를 입고 있는 일은 극히 드문 경우였다. 쫄병들은 아예 러닝셔츠조차 벗어야만 했고, 아무리 고참이라 해도 전투복 상의만큼은 벗어야 했다. 가끔 포대장이 포대 이발소를 이용할 경우 그렇듯 칼라를 접어 넣고 깎았다. 나는 그런 포대장의 머리를 깎아야 할 경우 수송부의 김호근에게 가위를 떠넘겼다. 가끔씩 이발소에 와서 생색을 내는 그에게, 김 병장님이 그래도 나보다 고참 아니유? 떠넘기면 김호근은 오히려 신이 나서 그 일을 맡고 나섰으므로 나는 피치 못할 경우가 아니면 포대장을 비롯한 포대 간부들의 머리는 잘 깎아주지 않는 편이었다.

「귀찮은데, 그냥 하지 뭐.」

「귀찮아서 숨은 어떻게 쉬고 살아요. 딴 사람 같았으면 벌써 쫓겨났을 거유.」

「그래, 알았어. 고마워.」

그렇게 허튼소리를 나누며 목수건과 몸 가리개를 두른 뒤 바리캉질을 하기 위해 그의 고개를 눌러 숙였을 때였다.

「이게 뭐예요?」

나는 하치우의 목에서 등으로 향해 있는 검붉은 생채기를 보았다. 나는 바리캉을 내려놓고 그것을 확인하기 위해 목에 두른 가리개천을 풀어내기 시작했다. 하치우가 몸을 움츠리며 그런 내 손길을 제지했다.

「아무것도 아냐, 그냥 좀 긁혔어.」

나는 퍼뜩 심상치 않은 예감에 사로잡혔다. 그의 태연을 가장한 낮은 목소리에도 불길한 냄새는 묻어 있었다.

「무슨 소립니까, 피멍 같은데.」

나는 서둘러 그의 목수건을 풀기 시작했다.

「별것 아니라니까.」

「별것 아니니까 좀 보자는 것 아닙니까?」

몇 번 실랑이가 오가는 동안 하치우가 불현듯 목소리를 높였다.

「이 병장!」

「……?」

하치우의 표정은 눈에 띄게 굳어 있었다. 2년 이상을 그와 지내오면서 그처럼 완강했던 얼굴을 나는 보지 못했다.

「그냥, 못 본 체 해줄 수 없겠어?」

「…….」

상기되었던 표정이 다소 가라앉고 차분하고 단호하게 요청하는 그의 얼굴을 대하면서 나는 어쩐지 힘이 빠졌다.

「그러죠. 그렇게 하죠…….」

나는 바닥에 떨어진 목수건을 집어 다시 그의 목에 둘렀다. 한동안 이발소 내에는 찰깍찰깍 가위 소리만 들렸을 뿐이었다. 그러다 나는 문득 말했다.

「그래도 난 하 병장을 이곳에서 유일하게 사귄 친군 줄 알았는데, 그게 착각이었나 봐요.」

「…….」

또 얼마간의 침묵. 하치우가 가라앉은 목소리로 말했다.

「말할게.」

나는 고개를 들고 그제야 앞의 벽거울에 비친 하치우의 얼굴을 들여다보았다.

「내겐 아주 오래된 친구가 한 명 있었어. 어머니가 시장에서 생선 좌판을 벌여 생계를 꾸려가는 어려운 형편의 친구였는데 학교

공부만큼은 탁월했지.」

「……?」

「중학교 때였어. 그 친구는 도대체 어떻게 공부를 하나 궁금하기도 해서 녀석의 집을 찾은 적이 있었어. 나는 녀석의 집에 들어서면서부터 후회하기 시작했어. 들어오라며 방문을 열어준 녀석의 얼굴을 대하면서 후회는 더 커졌는데, 어쩔 수 없이 방에까지 들어갈 수밖에 없었지. 그때 나는 놀랐어. 그의 방엔 놀랍게도 우리가 그때 흔히 볼 수 있었던 곰표 밀가루 포대가 가득 널려 있었어. 그 시간에 그는 그것들을 털어 가위질을 해서 종이봉투를 만들고 있었던 거야. 느닷없는 내 방문에 녀석이 어색해할까 봐 미안하기도 해서 고개를 떨구고 있었는데, 그런 것에는 전혀 개의치 않고 나보곤 밀가루가 묻을지 모르니 의자에 앉으라더군. 그리고 자긴 그 일을 계속해 나갔어. 빨리 끝내야 된다면서. 어머니가 오시기 전에 끝내고 치워야 한다는 거야. 바닥에 일렬로 쭉 펼쳐놓은 종이 위에 걸터앉아서는 구둣솔로 풀칠을 하고 풀칠한 부위를 척척 접어나가는 그 친구의 솜씨는 가히 일품이었어. 그건 하루 이틀 해온 일이 아니었다는 뜻일 거야. 그때 녀석이 웃으면서 어른스럽게 그러더군. 세상이 이렇게 마음먹은 대로 재단하고 풀칠해서 투자한 시간만큼 봉투가 얻어지는 것처럼 단순하면 참 좋을 텐데 말야, 하고.」

하치우는 깊은 추억에 잠긴 사람의 얼굴로 이야기를 이어나갔다.

「그때 우리 집은 그래도 꽤 잘살았거든. 솔직히 나는 내가 누리는 생활의 넉넉함을 그에게 나누어주고 싶었어. 그러나 한편으로는 한 번이라도 녀석을 공부로 이겨보고 싶었던 게 사실이야. 우리는 고등학교까지 같은 학교를 다니게 되었는데 결과는 언제나 마찬가지였어. 녀석은 수학 실력이 대단했지. 당시의 선생들조차 그 앞에서는 혀를 내둘렀을 정도니까. 결국 우리는 생활의 빈부 차이나 성적의 고하나 어느 것 하나 한 번도 자리바꿈을 못 해보고 학교를 졸업했지. 그리고 나란히 이 땅의 최고 학부라는 대학에 응시했던 거야. 아버지는 입버릇처럼 내게 법대를 되뇌었지만 난 국문과를 택했어. 자신이 없었던 점도 있었는데, 그 친군 법대를 지원했고, 당당히 합격했지. 사실 그때 기분도 좀 묘했어. 그러나 난 진심으로 그의 합격을 축하했어, 결코 미워할 구석이 없는 녀석이었으니까……. 그 친군 홀어머니의 고생에 보답하기 위해서라도 정말 괜찮은 판검사가 되어주었어야 했는데…….」

하치우는 잠시 말을 멈췄고 다시 생각을 정리하는 것 같더니 계속해서 말했다.

「그때 우리들이 서 있던 그곳엔 희망이라곤 보이지 않았어. 어제까지 옆자리에서 강의를 듣던 친구가 온몸에 불을 붙이고 도서관 옥상에서 몸을 날렸고, 후미진 구석에선 두려움과 불길함에 찌든 침묵의 술잔만 돌았지. 그런 어두움들이, 5월의 광주라는 야만의 시간을 방기할 수밖에 없었던 선배들의 자의식 때문이었다는 사실을 알게 된 것은 한참 후였어. 나는 그때까지도 여전히 그런 쪽에는 관심이 없었으니까. 그 친구는 2학년을 채 마치지 못하고 지도휴학을 당했어. 그러곤 행적을 감췄지. 나는 그때 그의 신상에 대한 걱정스러움보다, 우습게도 정작 내가 또 한 걸음 뒤졌다는 생각에 곤혹스러워한 것 같아. 겨우 그때쯤에야 나는, 내가 살고 있는 이 세계의 다른 면을 이해할 수 있게 되었으니까……. 나는 학교를 떠났고, 꽤 시간이 흐른 뒤에 그 친구가 군인이 되어 있다는 소식을 전해 들었어. 집으로 돌아갔을 때 제적통지서와 그가 내 앞으로 남겨둔 한 통의 편지가 있더군. 지금은 휴가 중인데, 학교에 들렀다가 내 소식 듣고 놀랐다며, 자기는 이제야 무엇을 해야 할 것인지를 결정했고, 돌아가면 장기복무를 지원할 작정이라고 써놨더군. 도대체 이해할 수가 없었어. 우리 현대사에 군이 저질러놓은 해악이 어쩌니 떠들던 녀석이 갑자기 군에 말뚝을 박겠다니. 그 이유라도 알고 싶어서 백방으로 그를 수소문했지만 찾을 수는 없었어.」

하치우는 잠깐 말을 멈추었다가 다시 말했다.

「녀석의 집으로 연락을 해보고 나는 그때서야 그의 홀어머니마저 오랜 병환 끝에 돌아가신 후라는 것을 알게 됐어. 그리고 얼마 후 나는 입대를 했어. 물론 그때 내가 선택할 길도 달리 없었지만 혹시라도 그 친구처럼 이 군대라는 사회의 한복판에 서면, 이제껏 바깥세상에서 볼 수 없었던, 녀석이 찾았다는 어떤 돌파구 같은 걸 나도 볼 수 있으려나 하는 막연한 생각도 없지 않았어. 그런데……. 그런 것은 보이지 않았어. 애초부터 그런 건 있지도 않았으니까. 이제 이곳을 떠나게 될 시간이 얼마 남지 않은 지금까지 그것을 찾지 못한 것처럼 그 친구를 이해할 수도 없었지…….」

하치우는 잠시 말을 끊고 짧은 신음을 토해낸 뒤 조금 잠긴 목소리로 말했다.

「그런데, 이제야 그 수수께끼가 풀린 거야.」

「……?」

「그는 얼마 전까지 여기서 그리 멀지 않은 철책에 근무하고 있었다더군. 자신이 세운 그 목표를 위해 자그마치 5년을 인내하면서 민통선 너머를 바라보고 있었던 거야. 그 친구가 어디 있는지조차 모르고 있던 내게 그들은 이미 그가 그 5년 전에 계획해 두었을지도 모를 그 일을 내가 알고 있었을 거라고 단정 짓고 있었던 모양이야. 그 친군 철저히, 아주 완벽하게 나와 이 사회를 속여 먹였던 거야. 자그마치 5년을……. 믿을 수 있겠나. 미친놈이지…….」

하치우의 어깨가 가늘게 떨리는 게 손에 느껴졌다. 그의 붉어진 얼굴과 가녀린 떨림이 분노인지 슬픔인지를 분간하기조차 어려웠다. 그때의 나로서는.

2000. 2.

진실이 그립다고 그는 말했다. 모든 것을 잊고 인간으로 돌아가고 싶다고도 했다. 이 남한 땅에 부모 친척 형제가 하나도 없고 혼자인 것이 너무 서럽고, 인간에 대한 믿음이 무너지는 것이 무엇보다 두렵다고도 했다. 고향을 떠나 낯선 이곳 남한 땅에서 극도로 외롭고 정에 굶주려 있는 그의 약점을 이용해 사기를 치고 달아난 그자가 마치 내가 잘 아는 사람처럼 여겨져 부끄러웠다. 나는 진심으로 고성식을 위로했다. 그래도 이 사회에 나쁜 사람들보다는 좋은 사람들이 더 많을 테니 그런 사람들을 위해서라도 마음먹었던 글을 써보는 건 어떻겠느냐는 말도 잊지 않았다. 글이라는 것이 묘해서 그러다 보면 마음의 정리도 되고 그 아픔도 치유할 수 있을지 모른다고도 했다. 그러나 그는 고개를 저었다. 그러려고도 해봤는데 그럴수록 사람에 대한 미운 감정이 살아나 더 힘들다고 그는 말했다. 결국 나는 그를 놓아주기로 했다. 계약금은 돌려줄 필요가 없다고 했다. 마음이 정리되고 쓸 마음이 생기면 전화 달라는 말로 그 돈을 대신했다.

나는 다음 날 편집장에게 고성식 씨 원고 건은 잊으라고 말했다. 무슨 일이냐고 궁금해했지만 그의 신변에 급한 일이 생겼다고만 말해주었다.

1987. 6.

하치우가 전역하고 얼마 지나지 않아서였다.

「어, 접때 그놈 아냐?」

하루해를 접는 노을이 산불을 일으키듯 서편 산등성이를 물들이던 오후였다. 일과를 마치고 저녁밥을 먹은 후 막사 앞을 쓸고 있던 병사 하나가 놀란 목소리로 소리쳤다. 막사 앞으로 난 주도로를 타고 막 무개 지프차 하나가 지나쳐가고 있었다. 싸리비질을 멈춘 나는 이제 알파 포대를 지나 국기게양대 앞쯤에 이른 무개 지프차의 꽁무니를 바라보고 있었다. 지프차 뒤편에는 군인이라고 보기에는 머리가 너무 긴, 군복 차림의 사내 하나와 뒷모습으로는 누군지 짐작하기 힘든 '접때 그놈'이 타고 있었다.

「누군데?」

한편에서 먼지를 켜올리던 상병계급 하나가 묻자 처음 그를 발견

했던 병사가 다시 묘한 표정을 지으며 말했다.

「접때 그 꼴통.」

국기게양대를 끼고 우회한 지프는 대대 CP 근방에 이르러 속도를 늦추고 있었다.

「무슨 소리야?」

「그 썰렁한 녀석 말야. 왜 이전에 신고식도 안 하고 후송 가버렸던…….」

그가 돌아온 것이다. 어느 날 갑자기 나타나서 아주 잠깐 우리 곁에 머물다가 또 어느 날 갑자기 증발해버렸던 김영수는 그렇게 돌아왔던 것이다. 아마 모르긴 해도 그의 독특했던 모습과 달리 그의 이름 석 자를 기억하는 병사는 드물 것이라고 나는 생각했다.

그때쯤의 나는 어느 정도 짬밥을 먹을 만큼 먹은 처지였기에 일과를 끝낸 그 시간에 내무반 침상에 퍼져 앉아 진중문고 따위를 뒤적이며 소일할 위치는 되어 있었다. 나는 침상 가장자리 등받이에 허리를 받치고 앉아 알퐁스 도데의 단편집을 뒤척이고 있었다. 내무반 한켠에 형식적으로 비치한 책꽂이에서 찾아낸 페이퍼백 4·6 판형의 책이었다. 「못된 알제리아 보병」, 「마지막 수업」 등 몇 편의 단편을 지나치면 언제나 그 자리에 「별」이 있곤 했는데 나는 양치기 소년이 스테파네트를 정성스레 보호하는 장면에 이르러서 문득 수연을 떠올려보기도 했다. 그럴 즈음 행정반 구 병장이 와서 훙을 깼다.

「김영수가 돌아온 것 아시죠. 행정반에 있는데 왜 안 가보세요?」

한쪽 어깨에 수건을 두르고 칫솔을 들고 있는 품새로 보아 세면장에 가는 모양이었다. 굳이 내무반을 통하지 않아도 될 터였으므로 구 병장은 아마도 부러 나를 찾아 들른 것 같았다. 그러거나 말거나 나는 귀찮다는 표정으로 구 병장을 올려다보곤 다시 책 속으로 시선을 묻었다.

「전번하고는 분위기가 아주 다르던데요. 여전히 말은 잘 안 하는데, 예전처럼 엉뚱해 보이진 않아요.」

구 병장이 세면장을 향해 간 뒤 여전히 도데의 단편집에 눈을 박고 있었지만 그렇지 않아도 지겨워지기 시작한 그의 소설들이 더 이상 눈에 들어올 리 없었다. 우정 어디 괜찮은 소설이라도 없을까 생각하며 주위를 환기시키려 했지만 그럴수록 더 머리가 복잡해져 버렸다.

첫 번째 휴가 때 복귀하면서 나는 『노신 소설집』 『새는 좌우의 날개로 난다』 등 몇 권의 책을 사들고 왔었다. 결론부터 말하자면 나는 그것을 다 빼앗기고 말았다. 이발소에 두 권, 내 관물대 속에 두 권씩 나누어져 있던 그것은 어느 날, 부대 밖 사역장을 다녀오자 흔적도 없이 사라져버렸다. 그날 불시에 대대에서 내무검사를 다녀갔다는 것이다.

나는 다음 날 대대장 앞에까지 불려 갔다. 내가 가지고 있던 책들이 모두 불온서적이라는 거였다. 나는 얼굴이 달아올랐는데, 그건 누구에게랄 것도 없는 울분 때문이었다. 대대장은 상급부대에서 반급했을 분온서적 목록을 가지고 있었는데, 그 리스트엔 정말 그 책 모두가 순서를 달리했을 뿐 빠짐없이 올려져 있었다. 왜 이런 책을 가지고 있었느냐고 묻는 대대장도 그러나 그렇게 화난 표정은 아니었다. 육사 출신으로 그래도 공정하기로 소문이 나 있던 당시의 대대장이, 말똥을 두 개나 달고 이른바 대대를 지휘하는 지휘관이 그따위 비평서 나부랭이를 들고 불온서적 운운하며 훈계를 해야 한다는 사실이 그리 유쾌한 일은 아니었을지도 모른다. 대대장의 물음에 나는 국문학과를 다니다 왔으며 그건 대학 내 수업의 전공서적일 뿐이라고 말했다. 대대장은 이해한다며, 그래도 적발된 이상 이 책들은 압수할 수밖에 없다고 말하고는 처음이라 없던 일로 하겠다며 나가보라고 했다.

그날 대대장의 연민을 불러일으키던 그 얼굴만 아니었으면 나는 아마 오기로라도 휴가병이나 면회병을 통해 훨씬 더 윗길에 놓여 있을 불온서적들을 사다 달라고 부탁해 보관하고 있었을는지도 모른다. 그러나 그 이후 나는 내 나름으로 개인적으로 소지하고 있는 책은 한 권도 없었다. 하기에 정작 그렇듯 활자가 그리워지게 되면 언제나 비슷한 진중문고 책꽂이라도 뒤져보는 것이었다. 아무튼 그렇게 의식적으로도 김영수의 존재를 무시하려 들었지만 그건 일시적인 방편일 뿐이었다. 해결책이 그것이 아님을 나는 물론 알고 있었다.

그날 저녁, 언제나 월남전에 참전했다는 경력을 자랑삼는 인사계는 포대원들에게 다시금 돌아온 김영수를 소개하는 것으로 점호를 대신했다.

「고참들은 동생처럼 보살펴주고, 쫄병들은 형처럼 따르도록, 이상!」

신병을 소개하듯 김영수를 소개하는 자리였지만, 인사계의 말마따나 그에게도 적잖은 쫄병이 생겨 있을 만큼, 김영수 역시 어디에서 먹었건 짬밥을 먹긴 먹은 셈이었다.

공교롭게도 다시 여섯포반에 배치되어 마주 보는 침상을 사용하게 되었으므로 나는 김영수를 눈길로 좇았지만 그는 일부러 그러는 것인지 내 눈길을 받지 않았다. 매트리스를 깔고 담요를 펴고 하는 사이에도 나는 그를 의식하고 있었는데 김영수는 여전히 말이 없었고 모포 속으로 들어가기 전까지 침상만 내려다보고 있었다. 소등이 되고 취침등이 켜졌지만 나는 쉽사리 잠에 들지 못했다. 누군가 음악실에 들어가 레코드판을 틀었는지 '해바라기'의 노래가 어두워진 침상 위로 떨어져 내리고 있었다. 가고 싶어 갈 수 없고 보고 싶어 볼 수 없는 영혼 속에서 우우, 난 알고 있는데 우리는 사랑하고 있다는 것을 우린 알고 있었지 서로를 가슴 깊이 사랑한다는 것을……. 음악을 들으며 뒤척이다 나는 하치우는 무엇을 하고 있을까 생각했다. 편지가 끊긴 수연도 생각해봤고, 상규는 무사한지도 생각해보았다. 이미 지나버린 내 휴가 날짜를 따져보기도 했다. 그러기를 얼마나 지났을까, 간신히 나는 불침번이 두 번째 교대병을 깨우는 소리를 들으며 엄습해오는 수면의 올가미에 목을 걸 수 있었다.

「김영수!」

다음 날 아침 나는 아침 점호를 취하고 막 행정반 문을 열고 들어가려는 그를 불러 세웠다. 나는 그에게 다가가 손을 내밀었다.

「다시 만나게 돼서 반갑다.」

김영수가 내가 내미는 손을 천천히, 그리고 조심스럽게 마주 잡았는데 손아귀 힘이 아기 손처럼 가뿐했다. 이건 또 뭔가? 나는 이전과 너무나 달라진 그의 태도에 당혹했다. 짙은 회색의 새벽, 잘은 물방울들이 떠다니는 듯한 습한 대기가 살갗에 내려앉는 시간이었다. 김영수의 몸에서 풍겨 나오는 기운은 음습하고 우울했다.

「몸은 괜찮아?」

입을 다물고 있다는 점에서는 같았지만 이전의 그 침묵 속엔 지나칠 정도의 여유가 묻어 있었고, 지금의 침묵 속엔 어딘지 불안함과 두려움이 뒤섞여 있었다.

「예.」

그가 힘겹게 대답했다.

「생활 잘해라. 군대 생활이라는 게 마음먹기 달린 거지 뭘. 어려운 일 있으면 상의하고.」

어색하게 경례를 붙인 김영수는 다시 몸을 돌려 행정반으로 사라져갔다.

그날 오후였다.

「이 병장님, 어젯밤 얘기 들으셨죠?」

155밀리 곡사포 가신(포다리)에 걸터앉아 포경 사이에 낀 먼지를 털어내고 있던 내게 포신을 주퇴유로 닦고 있던 김 상병이 물어왔다.

「무슨 얘길?」

사회에서 야간업소 밴드의 드럼주자였다는, 입담 센 김 상병이 방금 전까지 휴가 나가 만나 따먹은 여대생 얘기를 무용담처럼 들려주며 키들거리던 참이었기에 또 무슨 실없는 얘긴가 여기면서 그를 바라보지도 않고 물었다.

「어제 불침번 서던 변 상병 바지에 오줌을 지리게 만들었대나 뭐래나.」

「저도 들었습니다, 그 얘기.」

포륜砲輪을 닦기 위해 포상 밖 도랑에서 물을 퍼오던 포반 막내 김 이병이 막 포상으로 들어오다 아는 체를 했고, 김 상병이 저게 고참들 얘기하시는데 애보지에 보리알 끼댓기듯이, 어쩌구 하면서 퉁을 주었다.

「무슨 또 실없는 소리들이야.」

보다 못한 내가 중재를 하고 나서자, 김 상병이 말했다.

「그게 아니고 말입니다. 어젯밤 김영수가 말입니다…….」

김 상병의 입에서 김영수라는 이름이 튀어나오게 되자 나는 나도 모르는 사이 아연 긴장했다.

김 상병이 당시의 상황을 재현해 보이기라도 하려는 듯 표정을 바꿔가며 이야기를 시작했다.

변 상병은 1시부터 불침번 근무에 들어갔다. 그때쯤 당직사관도 2내무반 한쪽에 빈 매트리스를 깔고 취침에 들어간 뒤였고 변 상병은 내무반과 행정반을 오가며 근무를 서던 중이었다. 간혹 짬을 내 보초를 나가버려 비어진 자리에 쭈그려 앉아 밀려오는 수마와 일대 접전을 벌이던 변 상병은 어느새 자신도 모르는 사이 철모를 벗고 소총을 파지한 채 잠속으로 빠져들고 있었다. 그럴 때였다. 변 상병은 귀청을 파고드는 아련한 신음 소리를 들었다. 그건 짐승의 울부짖음 같기도 했고, 버려진 어린아이의 공포에 찬 울음소리 같기도 했다. 변 상병은 꿈을 꾸듯 그 소리에 시달리다 설핏 눈을 떴다. 순간, 변 상병은 그 신음 소리를 의식하기에 앞서 자신이 근무 중이라는 사실을 깨닫고 퍼뜩 정신이 들었다. 그는 후두둑 몸을 떨고 철모를 집어 든 채 내무반을 둘러보았다. 낮은 조도의 취침등 아래 내무반은 조용히 잠들어 있었다. 꿈을 꾸었나 하는 생각을 짧은 순간 하며 막 엉덩이를 들어 올리던 중이었다. 으흐흑…… 짐승의 울부짖음 같은, 잠결에 들었던 신음 소리가 다시 울려왔다. 변 상병은 소름이 끼쳤다. 가슴을 파고드는 신음 소리에 변 상병은 무의식적으로 파지한 소총에 힘이 들어갔고, 다리에 힘이 빠져 금방이라도 주저앉아버릴 것 같았다. 그 소리는 도저히 인간의 목에서 나오는 소리 같지 않았다. 변 상병은 무의식적으로 사격 자세를 취한 채 소리를 좇아 나섰다. 변 상병이 미처 몇 걸음을 옮겨놓지 못했을 때였다. 수의처럼 동료들이 덮고 있는 군용담요 속에서 손 하나가 불쑥 치솟아 올랐다.

「살려줘…….」

변 상병은 하마터면 소리를 내지르며 까무러칠 뻔했다. 그 소리의 주인공이 바로 김영수였다. 김영수의 얼굴은 식은땀으로 뒤덮여 있었고, 낮지만 붉은 조도의 취침등은 그런 김영수의 얼굴을 피칠갑 된 그것처럼 보이게 했다. 이미 그 앞에서 엉덩방아를 찧은 변 상병 역시 식은땀을 흘리고 있었다.

「어지간히 깡이 센 변 상병이 그 지경이 되었다니 상상이 갑니다.」

이야기를 마친 김 상병은 마치 자신이 그 상황을 겪기라도 한 것처럼 설레설레 고개를 저었다. 나는 지난밤 끝까지 눈길을 피하던 김영수의 얼굴과 아침에 본 김영수의 얼굴이 오버랩돼 마음이 편치 않았다. 그러면서 문득 하치우가 생각났는데 그의 등줄기로 난 생채기가 떠올랐던 것이다.

찰리포대 뒤쪽의 실거리 사격장으로부터 총소리가 울려왔다. 막내둥이 김 이병이 놀란 얼굴로 그쪽을 돌아보는 게 눈에 들어 왔다. 도대체 김영수를 그렇듯 가위눌리게 하는 것이 무엇이란 말인가? 나는 김영수를 다시 만나봐야겠다고 마음을 다잡고 있었다.

2000. 2.

노크 소리와 함께 정의환이 얼굴을 디밀었다.

「어쩐 일이야?」

나는 책상에서 일어나 그를 맞았다.

「지나는 길에 들렀어.」

우리는 소파에 마주 앉았다. 탁자 위에 펼쳐져 있던 신문들을 흘끔 본 정의환이 입을 열었다.

「이번엔 검찰을 물먹였지. 아주 인물은 인물이야.」

검찰에 자진출두한 정 의원을 두고 하는 말이었다. 임시국회를 열어놓고 구속 위험이 없으니까 자진출두를 하고 묵비권만을 행사하다 그는 돌려보내졌다. 검찰로서는 아무런 힘도 쓰지 못하고 당할 수밖에 없었다. 나오래서 나왔다, 검찰에 나오는 일은 더 이상 없을 것이다, 며 기자들 불러놓고 카메라 플래시 세례만 실컷 받다가 조사 시간 내내 자기 이름과 신분만 말하고 차 한잔 마시다 돌아갔다는 전언이었다.

「도대체 이자에게 누가 이런 막강한 힘을 준 거야. 그게 국민이라던데. 나는 아닌데 그럼 자넨가?」

「나도 아냐.」

그래놓고 우린 웃었다.

「아무튼 이 딴나라당은 상식이 없다니까.」

「딴나라당의 실질적인 총재가 누군지 알아. 바로 정 의원이야.」

「대통령감이라니까. 나오면 확실히 밀어줘야 혀. YS가 정치를 하다 보면 고난의 시기도 있는 법이라며 격려도 해주었다잖아.」

김현아가 커피 두 잔을 놓고 나갔다.

「지역 운동하는 사람들하고는 통화를 해봤다나?」

커피를 한 모금 마시고 내가 물었다.

「응, 꽤 열심히 찾는 눈치던데. 그를 아는 사람은 없더군. 너무 막연하다는 거야. 내가 다시 생각해봐도 그런 면이 있구. 이 사장 쪽도 성과가 없는 모양이지.」

「전화번호를 찾아 확인해봤는데 모두 동명이인이더군.」

「전국을 다?」

나는 고개를 끄덕였다.

「네 열성도 대단하구나. 내가 괜히 찾아보자구 그랬나 보네.」

「일단 더 이상의 방법은 없다고 봐야겠지?」

「이 땅에 살고 있지 않을 수도 있겠구나.」

듣고 보니 그럴 수도 있겠다는 생각이 들었다. 이렇게 찾아보았는데 눈에 띄지 않는다면 외국에 나가 있을 수도 있었다.

「아무튼, 이제 원고 넘겨야 돼.」

「뭐야, 오늘 원고 독촉하려고 온 거구만.」

「설마 그렇기야 하겠어? 아무튼 어쩌겠어.」

「돌아갈 길은 없겠지?」

정 기자가 손을 내저었다.

「나 좀 살리도.」

「내가 그 대신 좋은 꺼리 하나 줄게.」

「안 된다니까. 근데 뭔데, 일단 들어는 보자.」

「휴양지에서 바라본 우리나라 역대 대통령들의 차별성.」

「느낌이 있는데.」

「진해에서 군무원 생활을 30년 동안 한 사람이 있는데 그들이 청해대로 휴가를 보내러 내려올 때 각기 특성이 있었다는 거야. 예를 들어 박정희는 정권 초기에 그렇게 서민적일 수 없어서 아침에 꼭 산책을 했는데 일찌감치 출근하는 자기들의 손을 잡고 어려움도 묻고 위로도 해주고 함께 나라 걱정도 하고 그랬다는 거야. 그러다 정권 말기에 들어서 신변에 위협을 느낀 이후부터 절대 그런 일이 없어졌다는 거지. 다음이 전두환인데 그 사람들 말로 그때가 제일 힘들었다는 거야. 때가 되면 인근 구석구석을 샅샅이 수색하는데 심지어 하수구 밑까지 전부 들춰보았다더군. 그를 맞을 준비를 하려면 모두들 퇴근도 못하고 들볶임을 당해야 했는데 흉조라고 주변에 까마귀까지 다 잡아 죽였다는 거야. 노태우는 좀 나았대. 김영삼과 전두환의 중간쯤이었다고 하던데. YS는 어땠냐 하면 이번엔 전두환과 백팔십도 달라서 환영 준비에 날 새는지 몰랐다는 거야. 가꾸고 치장하고 그가 올 때면 진해 시내 전체가 환영 인파로 몸살을 앓아야 했다는 거지. 행차도 거창해서 카퍼레이드는 기본이었다더군. DJ는 언제 왔다 갔는지 표도 안 나게 조용히 왔다 올라간다니까 또 YS와 대조적이지.」

「그걸 쓸 만한 사람이 있다는 거야? 그 사람 다리 좀 놓아주지.」

흥미가 당기는지 정 기자가 관심을 표했다.

「물론 나를 빼준다면.」

「그건 안 될 소리고. 이미 늦었다니까.」

말은 그렇게 했지만 정의환을 보내고 난 뒤 나는 과연 무슨 이야기를 어디에서 어디까지 쓸 것인가를 생각했다. 월간지인 잡지가 제대로 나오려면 더 이상 늦어져서는 그가 곤란할 것이었다. 오늘 밤엔 어떤 식으로든 정리해서 넘겨주어야 할 터였다.

1987. 10.

몇 통의 편지와 전화 부탁을 들고 다시 찾은 서울은 내 마음 상태처럼 어수선했다.

「다른 집 자식들은 자주들도 나왔다 가드만 너는 집에 한 번 오기가 하늘의 별 따기 같구나.」

어머니의 대상이 불분명한 나무람도 이유가 있다고 느껴질 만큼 나는 오랜만에 내 정기휴가 일수를 찾아먹게 되었던 것이다. 그러나, 어머니, 군대에 자식을 보낸 세상의 모든 어머니들이 그렇게 말씀하시며 3년을 보내시는 거예요, 라고 나는 어머니를 위로했음은 물론이었다. 나는 이제 혼자가 되신 어머니에게는 정말 효자가 되고 싶었으니까.

부대 안팎의 크고 작은 사건사고들로 부대는 줄곧 긴장 상태였고, 정상적이었다면 나는 지난여름쯤에는 정기휴가를 나왔어야 했다. 그렇기에 어머니의 불만은 적절한 것이었고, 내 위로도 그저 둘러대는 말만은 아니었다.

하루하루 늦춰지는 휴가 날짜에 대대 검열을 피해 다른 휴가병들에게 사적인 내용의 편지나 전화를 부탁하는 건수도 늘어나고 있던 터였는데 휴가를 나와 내가 가장 먼저 처리한 일들은 역시 그런 것들이었다. 보내는 이의 이름이 적혀 있지 않은 군사우편 아닌 군사우편 몇 통을 집 근처 우체국에서 처리하고, 휴가가 늦어졌으니 면회를 한 번 꼭 와주었으면 한다거나 돈을 좀 부쳐주었으면 한다는 부탁 전화 몇 통을 걸어주었다.

개중에 내 고참이기도 했던 정 병장의 부탁 전화는 독특했다. 저녁 늦게나 연결이 된 인숙이라는 여자는 정 병장의 애인이었다.

「신인숙 씨 되십니까?」

「예, 전데요.」

할 때까지만 해도 나는 내가 무슨 짓을 하고 있는 건지 맹세코 알지 못했다.

「정 병장님 부탁으로 전화 드리고 있습니다.」

침묵.

「휴가가 늦어진다고 그냥 그곳은 혼자 다녀오라던데요.」

침묵.

「그렇게만 말하면 알 거라던데요.」

침묵.

「그런 끊겠습니다.」

그러면서도 나는 잠깐 수화기를 들고 있었는데, 그 속에서 뱉어지는 한마디가 있었다.

「개자식.」

나는 이번엔 정말 전화기를 내려놓았다. 정 병장과 신인숙이라는 여자와의 연애담은 한동안 포대 내 화젯거리였다. 무슨 전문대인가를 다니다 입대했다는 정 병장이 어디서 구했는지 주소 하나를 구해 편지를 넣었는데 바로 답장이 왔고, 그렇게 두세 번 편지가 오가더니 여자가 직접 부대를 찾아왔다. 여자는 이후 자주 면회를 오는 눈치였고, 처음 한동안 정 병장도 신이 나서 면회를 나갔다. 그러나 정작 제대 날짜가 가까워오면서 정 병장의 얼굴엔 수심이 생기기 시작했다.

어찌 되었건 나는 일이 어떻게 진행되어 가고 있는 건지를 대충은 짐작할 수 있을 것 같았다. 처음으로 전화를 건 상대에게 개자식이라는 쌍소리 하나만을 겨우 들려준 그녀를 나는 용서하기로 했다. 또한 같은 군복을 입은 사람으로서 정 병장을 용서 못할 것도 없었다. 이제 둘의 사랑은 깨어진 것이고 그것이 비록 어떤 이유로건 합쳐질 수 있다 해도 그 봉합은 결코 오래갈 수 없는 것이었다. 최선의 해결책은 둘 다, 모두가 조금씩 무언가가 허전해서 벌였던 젊은 날의 그 한때를 빨리 잊는 것일 터였다. 다시 시작할 수 있다는 것, 그래서 젊음은 좋은 것 아닌가.

나는 여자와 통화를 끝낸 뒤 수연에게 전화를 걸었다. 역시 수연은 집에 없었다. 나는 그녀의 아버지로 여겨지는 남자에게 내 이름을 남겼다.

「이윤입니다. 휴가 나온 친굽니다.」

하치우의 부산 집으로도 전화를 해봤지만 역시 부재중이었다. 그의 어머니로 여겨지는 여자는 내게 누구냐고 물어서 같이 군대 생활을 했던 사람이라고 대답하자 다소 실망스러운 목소리로 다시 한번 '치우는 집에 없어요' 했다. 혹시 어디 있는지 연락이 가능하냐고 묻자, 연락은 안 되며 서울에 있을 거라고만 말했다. 그때부터 나는 더 이상 할 일이 없어진 사람처럼 빈둥빈둥 시간을 죽여가기 시작했다. 신문과 TV에서는 온통 다다음 달에 있을 대선과 관련해 양 김씨의 결별 소식과 성공리에 진행되고 있는 88올림픽 준비 상황을 전하기 바빴으므로 부대 내에 있을 때와 크게 다르지 않은 느낌이었다. 나는 인근의 서점에서 부대에서 빼앗겨버린 책들을 다시 사다 보았지만 정말 별것도 아니었다.

그렇게 시간을 보내던 중이었다. 아마 휴가의 절반쯤은 지난 후였을 것이다. 수연으로부터는 여전히 소식이 없었고, 뜬금없이 상규로부터 전화가 걸려왔다.

「나올래, 이따.」

느닷없이 전화를 건 상규에게 미처 내가 반갑다거나 내가 휴가 중인 걸 어떻게 알았느냐는 말조차 꺼내기 전이었다. 상규는 그렇게 재촉했다.

「어딘데 지금.」

「지금은 좀 멀리 있어. 우리가 그곳까지 가기엔 좀 시간이 걸릴 거야.」

「우리?」

「이따 만나보면 알아.」

상규는 이전과 달리 상당히 말을 절제하고 있었다. 나는 더 이상 묻지 않았다. 일단 종로서적에서 만나자고 상규는 말했다.

「6층 시집 코너에서 6시 괜찮지? 그럼 이따 보자.」

쫓기듯 전화를 끊는 상규에게 조금 짜증도 일었지만 녀석이 아직도 수배 중이라는 사실을 상기하고는 이해하기로 했다.

얼마 전 들른 학교에서도 나는 수연과 상규를 만나지는 못했다. 다른 친구들과 늦도록 술잔을 기울였는데, 그들 모두는 자신들이 얻어낸 승리에 아주 감격해하고 있는 것 같았다. 학교 분위기 자체가 조금 들뜬 듯했다. 모두가 6월의 명동과 종로 거리에서의 시위 얘기였고, 학기의 절반 이상이 휴강이었다는 점에 대해서도 아주 관대했다. 그때 상규 소식도 들었는데 제적당한 상태로 아직 얼굴 보기가 쉽지 않다고 했었다.

나는 약속 시간보다 조금 일찍 서점에 도착했다. 잡지와 소설 등 몇 군데 코너를 돌아보다 시집 코너에 서서 시집 한 권을 들춰보던 중이었다. 그때였다. 그런 걸 텔레파시라고 그러던가? 어느 순간 나는 누군가 내 옆을 스쳐가는 낯익은 느낌을 받았다. 그건 아주 독특한 향기 같은 것이라고도 할 수 있다. 나는 문득 고개를 들었고 방금 내 옆을 스쳐간 몇 사람의 옆모습을 보았다. 수연이었다. 그건 분명 수연이었다. 나는 가슴이 철렁 내려앉을 만큼 놀랐다. 어깨까지 내려오던 부드러운 머리칼은 커트되어 있고, 입고 있는 옷도 낯익은 것이 아닌 자주색 파카였지만 나는 그녀가 수연임을 확신할 수 있었다. 내게 첫키스의 뜨거움을 알게 해준 여자, 그 여자가 천 미터쯤 떨어져 있었다 해도 나는 그녀를 알아봤을 것이다. 나는 펼쳐들고 있던 시집을 그대로 손에 든 채 그녀를 따라나섰다. 그 많은 사람들 틈에서 이름을 불러 돌려세우기도 난처했지만 다가가 수연을 놀래주려는 의도도 있었다. 얼마쯤을 갔을까. 아주 짧은 시간이었지만 내겐 지독하게 긴 시간처럼 여겨졌다. 앞서 걷는 그녀와 거의 근접했을 때 그녀가 누군가의 옆에 서서 고갯짓을 했다. 물 낡은 군용 잠바를 입은 사내 역시 낯이 익었다. 나는 멈칫하며 그들을 지켜봤다. 수연 쪽을 향해 고개를 돌리는, 수연의 뒤편에 내가 있었으므로 내 쪽으로 고개를 돌렸다는 표현도 틀리지 않는다. 사내는 바로 상규였다. 상규는 평소 끼지 않는 안경을 걸치고 수염을 기르고 있었기에 나는 잠깐 그를 못 알아보았던 것이다. 나는 그 자리에서 온몸이 굳어져버리고 말았다. 잠시 후 상규가 수연의 뒤편에 서 있는 나를 발견했고, 웃으며 다가왔다. 나는 사복에 군인 머리를 하고 있었기에 누구의 눈에도 잘 띄었던 모양이다.

상규가 손을 내밀었고, 옆에 선 수연이 고개를 숙였다. 나는 상규의 손을 잡으면서 둘에게 동시에 아는 체를 해야 했다.

「오랜만이다. 몸은 괜찮고…… 수연이도…….」

그때의 내 목소리는 내가 생각해도 지독하게 위축되어 있었던 것 같다. 적어도 나는 그때까지 왜 그들 둘이 함께 내 앞에 나타나야 했는지를 종잡을 수 없었던 것이다.

우리는 장소를 옮겼다. 그들을 따라 들어선 곳은 YMCA 뒤편 술집 골목 가운데 하나인 허름한 막걸리집이었다. 낡아빠져 금방이라도 뜯겨져 나갈 것 같은 문짝 위에 와사등이라는 매직 글씨가 있었다.

밖에서 보는 것과는 달리 동굴 속 같은 안쪽은 손님들로 앉을 자리가 없을 만큼 북적거렸다. 구석진 곳에 간신히 자리를 차지해 부서진 테이블에 삐그덕거리는 의자에 엉덩이를 붙이고 앉자, 주인댁이 막걸리가 담긴 술주전자와 흰색 플라스틱 대접을 내려놓고는 상규를 바라봤다.

「고갈비 괜찮지?」

상규와 수연은 그곳에 아주 익숙해 있는 것 같았다. 그때까지 내가, 내게 닥친 상황에 얼마나 당황하고 있었는가 하면 내 손에 들려 있는 시집이 왜 거기에 있는지조차 의식하지 못하고 있었다. 수연의 옆모습을 보기 전에 뒤적이던 그 시집을 내가 계산을 치르고 들고 나왔는지 어쨌지조차 기억할 수 없을 지경이었다.

나는 그때쯤 들어서야 상규가 서점 안으로 먼저 들어왔으며 수연이 그 뒤를 쫓아 미행이 있는가를 살피며 들어왔다는 것을 알게 되었다. 상규는 아마 내가 그들을 보기에 앞서 나를 먼저 보고는 일단 저편으로 자리를 옮겨 서 있었던 모양이었다.

고갈비가 날라져 왔고 우리는 몇 잔의 술잔을 나누었다. 가끔 수연을 의식해서 그녀를 쳐다보았지만 그녀는 의식적으로 내 눈길을 피하는 것 같았다. 얘기는 주로 상규가 하는 편이었고 수연은 입을 다물고 있었다.

상규는 건대에서의 시위와 박종철의 죽음과 이한열의 죽음, 그의 장례식에 모여든 인파 얘기와 극적인 호헌철폐와 6·29선언 등을 자랑스럽게 이야기하며 간혹 내 군 생활을 물었고 이제 제대가 얼마 안 남았겠다며 날짜를 꼽아보기도 했다.

이 녀석은 하나도 안 변했다. 나는 시간이 흐르면서 그런 결론을 내리고 있었는데, 그럴수록 작아지는 나를 의식하지 않을 수 없었다. 굳이 못난 것을 못났다고 말할 필요는 없다. 모르는 것을 안다고 할 필요도 없지만 모른다고 하는 게 꼭 필요한 것도 아니다. 적어도 첫사랑의 여자에 대해 누군가에게 떠벌리는 짓은 하지 말 것. 그러면서 상규에게 술을 따라주기도 하고 수연의 잔을 받기도 했다. 왜 둘이 같이 있게 된 거지, 따위의 질문은 적어도 하지 않았을 거라고 나는 믿는다. 만약 그랬다면 나는 내 자신을 용서하지 못했을 테니까.

「짭새들에게 쫓겨 명동성당으로 들어가게 되었는데, 그곳에 이 친구가 있더구만. 나도 처음엔 많이 놀랐는데, 어느새 나도 모르게 이 친구를 안고 있더군. 아마 그때쯤 나도 많이 지쳐 있었나 봐.」

어느 순간 상규의 입을 통해 나온 말을 듣고 나는 술잔을 잡고 있는 내 손이 떨리고 있는 것을 느꼈다. 왜 그랬을까? 선배는 대체 내게 뭐죠? 수연의 말대로 나는 그녀에게 아무것도 아닌 것이었다. 만취 후에 가졌던 그녀의 형용할 수 없이 부드러웠던 입술이나 정구공같이 단단했던 가슴, 그것이 무에 그리 큰 의미가 있는가? 그때의 둘에게 필요했던 것은 낯익은 사람의 따뜻한 위로였고 그걸 서로가 아주 조금씩 나누어 가졌던 것뿐인데…….

그 일이 있고 복귀한 뒤 수연은 내게 한 통의 편지를 더 보내왔었다. 나는 그 편지를 야전상의 포켓에 소중히 접어두고 읽고 또 읽었다. 그러나 정작 나는 답장을 쓸 생각은 못 하고 있었다. 아니 생각은 수없이 했다. 그러나 무슨 얘길 적어 보낼 수 있을 것인가만 오래오래 생각했다. 여기는 북쪽 땅 오성산이 건너다보이는 강원도 산골. 오늘도 똑같은 시간에 눈을 떠서 똑같은 사람들이 똑같은 밥을 먹고 똑같은 일을 하는 속에서 오늘도 똑같은 시간에 잠이 들었다고 쓸 것인가? 그런 와중에도 똑같이 너만을 생각했고, 보고 싶어서, 네가 미치게 보고 싶어서 탈영까지 꿈꾸고 있다고 쓸 것인가? 아니면 내가 못 나가더라도 마음 변치 말고 조금만 더 기다려 달라고? 시간이 허락되면 조금 멀긴 하지만 한번 찾아와달라고 그런 부탁을 쓸 것인가? 고민만 하다, 마침내 수연의 편지마저 끊기고 그곳의 다양한 사람들의 생활이 보이기 시작하면서 비로소 쓸 말이 생겨 편지를 띄웠지만 수연으로부터는 답장이 오지 않았었다. 마침내 띄운 그 편지 속에 나는 그녀에게 프러포즈를 했었다. 이제부터 난 너를 새롭게 인식할 생각이다, 라고.

「큰일이야, 두 김씨가 우리가 되찾은 민주주의를 말아먹고 있어.」

더 이상 상규의 정치적인 발언은 내게 들어오지 않았다. 나는 조금 슬펐고, 내 자신이 초라했다. 그런 내가 싫어져서 자리를 박차고 일어날 기회만 엿보고 있었다. 그럴 즈음이었다. 상규가 화장실을 가는지 말없이 일어섰고 수연과 나는 단둘이 남게 되었다. 어색한 침묵 끝에 수연이 말했다.

「힘들어 보여요.」

그런 수연을 바라보며 나는 웃었다.

「그렇진 않아. 이곳에 오면 괜히 그곳 생각이 나고 그래서 그래. 그곳엔 적어도 이런 질 낮은 막걸리보다 나은 더덕 술과 두릅 안주가 있고 누가 누구를 이기기 위해 애쓰거나 시기하고 질투하는 법은 없거든. 거기엔 적어도 여자라는 게 없어서 한 여자를 두고 이놈 저놈이 마음을 두고 그런 법은 없거든. 그곳엔 모두가 아주 다르지도 않고 비슷하지도 않은 아픔과 고민들을 가지고 모인 사람들이라 서로를 이해하려고 아주 많이 노력하거든.」

동굴 속 같은 홀 안은 시끄러웠다. 이쪽에서 노래를 부르면 저쪽에서 화답가를 부르는 형국이었다. 청산이 소리쳐 부르거든 나 이미 떠났다고 기나긴 죽음의 시절 꿈도 없이 누웠다가 신새벽 안개 속에 떠났다고 대답하라.

긴 밤 지새우고 풀잎마다 맺힌 진주보다 더 고운 아침이슬처럼…… 홀 안에 울려 퍼지는 노랫소리를 그렇게 듣고 있던 중이었을 것이다.

「미안해요.」

어느 순간 수연이 말했다. 나는 게슴츠레한 눈으로 수연을 보았다.

그렇게 생각해서였을까, 나는 수연의 눈꼬리에 매달리는 물방울을 본 것도 같았다.

「정말 미안해요.」

그때쯤 홀 안은 침묵하기 시작했는데 그것은 한 여자의 노랫소리가 워낙 주위를 압도했기 때문이었다.

떨리는 손 떨리는 가슴, 치 떨리는 노여움이. 네 이름을 남몰래 쓴다. 타는 목마름으로 타는 목마름으로. 민주주의여 만세. 안녕, 안녕 군부독재여 안녕.

그날의 기억을 더 이상 떠올리는 건 유쾌하지 않은 일이다. 이건 적어도 내게 있어 규칙을 어긴 일이다. 수연을 위해서도 이 이야기만큼은 떠벌려선 안 되는 거였다. 첫사랑은 그래야만 빛나는 것이었으니까.

1987. 11.

부대로 돌아온 나는 상규에게 편지를 썼다. 아무런 조건 없이 너를 던져 사회의 모순들과 싸우고 있는 네게 이제나마 박수를 보낸다고 썼다. 물 빠진 군용 잠바와 덥수룩한 수염이 안쓰럽기도 했지만 그런 네가 자랑스러웠다고도 썼다. 종로에서의 그날, 쫓기고 있는 너로서는 당연히 주위의 시선에 초조했을 것이고 더욱 당연히 맘 편히 취할 수 없었을 터인데 그런 너를 무시하고 혼자만 억수로 취해버린 것에 대해 미안하다고도 썼다. 엉망으로 취해버린 나를 보내기 안돼서 잡아끄는 네 손길을 거절하고 등을 보인 것에 대해서도 미안하다고 썼다.

그렇지만 그날 네가 말한 것처럼 이곳이 그렇게 한심한 곳은 아니며 허송세월만 하는 곳은 더군다나 아니라고도 썼다. 네 말대로 남은 군대 생활 공부도 좀 하고 책도 많이 읽으면서 보낼 수도 있겠지만 그러지는 않을 참이라고 썼다. 나는 그저 이곳 생활의 리듬에 충실할 것이고 이곳에서 만난 사람들을 소중하게 생각할 것이라고 썼고 내가 만일 이곳에서 무언가를 읽고 쓰게 된다면 그건 다름 아닌 이곳을 기록하기 위해서일 거라고 제법 호기로운 소리도 썼다.

그렇지만 내가 네 손을 뿌리치고 돌아서 길 건너편 어둠 속에 서서, 어둠 속으로 사라져가는 너희 둘의 뒷모습을 얼마나 오랫동안 바라보고 서 있었는가에 대해서는 쓰지 않았다.

수연에게도 편지를 썼다. 너는 미안하다고 말했지만 그럴 필요는 없었다, 고 썼다. 너는 내 앞에서 눈물을 보였지만 그럴 필요는 정말 없었다고도 썼다. 미안한 건 오히려 나였다고도 썼다. 눈물을 보여야 할 사람은 네가 아니고 나였어야 했다고도 썼다. 나는 좀더 네 앞에서 발가벗을 수도 있었을 텐데 그러질 못했다고도 썼다. 그 최루탄과 투석의 거리에서 좋은 선생님이 되고자 했던 너로서는 선택할 수 있는 길이 그것밖에 없지 않았겠느냐고도 썼다. 진심으로 내가 너였다고 해도 그랬을 거라고 썼다.

그러나 우린 좋은 친구였으니 앞으로도 상규처럼 좋은 친구로 남을 수 있지 않겠느냐는 따위의 말은 쓰지 않았다. 자정이 넘어 걸었던 전화에서 네 부재를 확인했을 때 전해오던 가슴의 통증에 내가 너를 얼마나 사랑하고 있었는지 깨달았었다는 말 따위는 더군다나 쓰지 않았다.

상규와 수연에게 쓴 편지는 그러나 내 야전상의 포켓에 이전 수연이 내게 보낸 편지와 함께 넣어져 있다가 끝내 띄우질 못했다. 상규의 주소를 알지 못했고, 수연도 확신할 수 없었기 때문이다. 그러나 그건 거짓말이었을 것이다. 나는 그 편지를 쓸 때부터 이미 부칠 마음이 없었던 것이다. 나는 그것을 수연의 이전 편지와 함께 사역을 나간 남대천 물 위에 띄워 버렸다.

그때쯤 내 군대 생활은 4개월 남짓이 남아 있었다. 날수로 치자면 길어도 120일 남짓이었다. 한 달에 한 번 내려오는 전역 특명을 제대로만 받는다면 그보다 훨씬 적은 시간일 수도 있었다. 그런 행운이 내게 따르지 않는다고 해도 그깟 백여 일쯤이야 시쳇말로 거꾸로 매달려 있어도 견뎌낼 것이었다.

휴가를 끝내고 돌아오면서 나는 민정음이라는 한 여자를 만났었다. 복귀 시간을 앞두고 우연히 들렀던 다방 안에서 만난 그녀와, 나는 그날 지독할 정도로 술을 마셨다.

종로 거리에서 수연과 헤어진 이후, 무슨 일이 있어도 두 번 다시 그녀를 생각하지 않으려 했던 내 아픈 기억과, 결손 가정의 삶에 지쳐 한때 사귀던 남자의 입대를 계기로 서울을 떠난 그녀와의 만남은 어쩌면 서로의 상처를 위무받고 싶어 했던 둘의 무의식이 맞닿았기 때문에 가능했던 건지도 모른다.

고백하자면, 그날 나는 처음부터 그녀를 유혹하고자 달려들었다. 떠나버린 수연에게 나는 복수라도 하고 싶은 마음이었고, 그럴 만큼 그녀는 수연을 닮아 있기도 했다.

내 생애 한자리에서 그렇듯 짧은 시간에 그렇게 많은 술병을 비워본 적이 있었던가? 그날 어느 순간 내가 깨어난 곳은 그녀의 벗은 몸뚱이 위였다. 맹세컨대, 그 조악했던 '서울여관'의 침침한 어둠 속에서 그녀의 몸뚱이를 더듬고 있게 되기까지의 과정을 나는 어떻게 설명할 수가 없다. 그에 대해서만큼은 나는 전혀 기억을 할 수 없기 때문이다. 그녀의 적당히 부풀어 오른 젖무덤을 베어 물며 그 따뜻함과 감미로움에, 그녀, 정음이 아닌 오히려, 이제는 내 기억 속에서 영원히 지워버리리라 마음먹었던 한 여자의 얼굴이 떠올랐을 때 나는 퍼뜩 정신이 들었고 고개를 들고 그제야 내게 몸을 맡기고 있는 그녀, 정음의 얼굴을 바로 볼 수 있었다. 나의 갑작스러운 행위의 중단이 그녀에게도 심상치 않게 전해졌는지 그녀는 감았던 눈을 살며시 뜨고는 나를 바라보았다.

미안해요, 라고 나는 그때 말을 했었던가? 괜찮아요? 그녀가 보기 좋게 찡그린 얼굴에 젖은 목소리로 묻던 그 말만을 기억할 수 있을 것 같다.

그날 그렇게 그녀와 헤어져 그 밤길을 휘적휘적 걸어 부대로 들어왔을 때, 시간은 9시가 훨씬 넘어 있었다.

한 시간 가까이의 거리를 걸어 들어오면서 술이 얼마만큼 깨어 있었는지는 모르겠지만 복귀 신고를 마치고 뒤늦게 내무반으로 들어가자, 포대 내 고참 중 하나가 나를 불러 내무반 구석으로 데리고 갔다. 중앙등을 소등하고 취침등을 켜게 한 후였다.

「이윤이 너 이 자식, 니 혼자 군대 생활 해? 니놈 때문에 너보다 하늘같은 고참들인 우리까지 군장 꾸리고 빵빵이를 돌아야겠어?

병장이면 병장답게 처신해야 할 거 아냐, 새끼야.」

고참의 그날 충고는 아주 당연한 것이었고, 못 참을 정도는 결코 아니었다. 그러나 그때의 내 심정은 그런 걸 이해하고 받아줄 만큼의 여유도 없었던 모양이다.

「니가 언제부터 병장이야, 병장이라고 다 같은 병장인 줄 알아. 병장도 혼이 날 수 있다는 걸 내 오늘 쫄병들에게 보여주지. 대가리 박아, 이 새끼야!」

고참이 그렇게 말했을 때, 나는 그간의 내 삶이나 그곳의 모든 것들이, 나를 비롯한 그 속의 모든 사람들이 우스워 보였고, 그걸 알면서도 모른 척 음흉을 떨고 있는 내 자신이 견딜 수 없이 화가 나서 버럭 소리를 내지르고 말았다.

「날 좀 그냥 내버려둬! 이 새끼야!」

깊은 잠에 빠진 척 침묵하고 있던 내무반은 일순 얼어붙어서, 나보다 쫄병들은 더욱 숨을 죽였고, 고참들은 하나 둘, 실랑이를 벌이고 있는 우리 곁으로 다가왔다.

그날 밤 나는 나를 그대로 내버려두지 않았던 고참과 어처구니 없게도 주먹다짐까지 벌여야 했는데, 그건 그 사회에서 있을 수 없는 일이었음은 말할 필요도 없다. 그러나 뒷수습은 오히려 간단했다. 군대로 치자면 무엇보다 큰 죄로 취급되는 하극상의 죄인인 셈이었는데, 그래놓고 보니 고참들도 오히려 더 어쩌지를 못하고, 그저 과하게 술을 마셔 취한 쫄병의 술주정쯤으로 묻어버리게 되었던 것이다.

2000. 3.

아침 회의를 마치고 책상에 앉은 나는 망설였다. 잡지사에 보낼 원고는 끝나 있었다. 아니 그랬다고 생각했다. 나는 가능한 가볍게 현재의 사랑인 내 아내가 읽어도 언짢지 않을 정도의 수준에서 내 첫사랑까지 이야기했다. 물론 그건 단순히 한 여자에 대한 추억이 아니라 어두웠던 한 시대에 대한 나름의 회고였다. 그러나 글을 다 쓰고 나서 나는 새벽녘까지 잠을 이룰 수 없었다. 글을 쓴다는 행위가 참으로 묘해서 그 짧은 글을 쓰는 동안도 전혀 생각지 못했던 숱한 기억들이 되살아났고 혼자서 얼굴을 붉혔을 정도였다.

내가 고성식 씨에게 글을 통해 기억들을 정리해내고 자유로워지자고 했던 말이 새삼 얼마나 무책임한 말이었는가 하는 생각도 들었다. 나는 여전히 솔직하지 못했던 내 자신이 혐오스러울 정도였다. 결국 나는 지난밤 썼던 원고를 지워버렸다.

오후 늦게 정 기자로부터 전화가 걸려왔다. 나는 시침을 뗐다.

「웬일이야. 이러다 정들겠다.」

「목소리도 듣기 싫은 사람한테 친절을 가장하는 일이 얼마나 힘든 일인지 이 사장 모르지? 그런 사람한테일수록 헤픈 웃음이 필요하거든. 그런데 나 지금 웃고 있는 것 맞지?」

직접적인 원고 얘긴 꺼내지 않은 채 서로가 실없는 농담만을 늘어놓다 통화는 끝났다. 그러나 그 속엔 더 이상 시간이 없다는 정 기자의 재촉이 담겨 있었음은 물론이었다.

그냥 어제 쓴 글을 보내고 끝낼 걸 그랬다는 후회도 잠시 따랐지만 나는 고개를 저었다. 그럴 거였다면 아예 시작도 하지 말았어야 한다.

1987. 11.

조락凋落의 계절도 저물어가고 있었다. 태양은 한결 차갑게 식어 있었고, 위병소 밖 매복호 봉분 위에까지 뿌리를 내리고 있던 코스모스는 검게 말라 죽은 지 오래였다. 포대 막사 앞 화단에 심어둔 사루비아는 뜨겁게 산 한 해를 붉은 꽃술을 떨구는 것으로 마감하고 있었다.

그즈음 김영수에게도 변화가 있었다. 일과가 시작되면 언제나 간단한 화단 정리를 하거나 행정반의 잔일을 하며 막사 주위에 남아 있던 김영수도 이제는 여느 병사들처럼 영내 작업장에 배치되고 있었다. 포대 내 몇 손가락 안에 꼽히는 고참이 되어 있던 나는 가능한 그를 같은 작업장에 데리고 다니려고 애썼다. 그때까지도 여전히 부대 생활이 서툴러 고문관 소리를 듣는 그가 안쓰러워 보였기 때문이다. 여전히 입이 무거웠던 그에게서 웃는 얼굴을 보는 일은 간첩을 잡고 포상휴가를 나가는 일처럼 요원해 보였지만 식사시간이면 일부러 내 옆에 앉도록 했고, 가끔 시답잖은 농담을 던져보기도 했다. 또 그때쯤의 나는 이발소의 가위도 놓고 있었는데, 지금까지 한두 사람의 이발병이 전 포대원의 머리를 깎아주던 방식을 탈피해 그가 누구이건 원한다면 가위나 바리캉을 잡을 수 있도록 함으로써 자율적인 이발소 운영이 되도록 했다. 그렇게 함으로써 나는 훨씬 손을 덜 수 있기도 했던 것이다. 가끔씩 기계를 손봐주고 말년 휴가를 나가는 고참들의 머리 정도를 매만져주던 나였지만 김영수의 머리만큼은 직접 내 손으로 깎아주기도 했다.

그래서였을까. 마침내 김영수는 식탁 위에서 던지는 농담에 가볍게 대꾸할 줄도 알게 되었고, 머리를 깎는 둘만의 자리에서는 충남 어디가 집이라는 가족 얘기를 하기도 했다. 그러던 어느 날이었다.

일과가 끝나고 점호 준비로 왁자한 내무반을 빠져나와 막사 앞 마당석에 엉덩이를 걸치고 막 담배 하나를 빼어 문 참이었다.

「이 병장님!」

부르며 다가온 것은 구 병장이었다. 다가오는 품새가 그저 우연히 나를 보고 아는 체를 하는 것 같지는 않았다.

「선거 때문에 바쁘겠다.」

사회에서는 12월 16일이 투표일이었으므로 아직 여유가 있을지 모르겠지만 군에서의 선거는 부재자투표로 훨씬 앞서 투표를 하게 되어 있었으므로 서무계인 구 병장으로서는 또 다른 일거리 하나가 생긴 셈이었다. 나는 웃으며 구 병장에게도 담배를 내밀었다.

「선거뿐이겠습니까?」

구 병장이 옆의 빈자리에 같은 품새로 자리를 잡고 앉았다.

「이 병장님, 벌써 말년 타요?」

구 병장의 악의 없는 농담에 피식 웃음이 나왔다.

「그런 자넨? 나랑 별 차이도 없잖아.」

구 병장은 나와 3개월 차이가 나는 쫄병이었다. 그러나 그는 대학에서의 교련 교육 이수로 90일 혜택이 있었고, 45일 혜택의 나보다 정작 45일 뒤늦게 전역 특명을 받게 되어 있었다.

「말도 마십시오. 내가 왜 이 행정반이란 델 들어왔는지. 이게 뭡니까, 내 동기들은 침상에 배 깔고 누워 TV를 본다, 영어 단어를 외운다 그러고 있는데, 맨날 포대장 딱까리나 하고, 이 짬밥에 아직까지도 이렇게 보초판이나 들고 뛰어다니고 있으니…….」

「그래서 뭐야, 하고 싶은 얘기가?」

나는 구 병장이 아무 이유 없이 그렇듯 너스레를 길게 떨 위인이 아니라는 것을 알고 있었기에 그의 말을 자르고 물었다.

「앗, 들켰구나…….」

구 병장이 헤벌쭉 웃었다. 그런 그가 어린애 같았다.

「그래서 말인데요…… 이 병장님 오늘 야간 근무 없으시죠?」

「그래서?」

나는 전날의 후반부 교대장이었기에 그날은 밤 근무가 없었다.

「오늘 김영수와 근무 한번 서주십시오. 근무명령서를 상신하고 났더니 느닷없이 심 상병 이 새끼가 복통을 일으켰지 뭡니까. 의무

대로 업혀 올라갔는데, 근무라도 빼줘야지 어쩌겠습니까? 망할 놈의 자식이 한 시간 전에만 지랄병 했어도 아무 문제가 없었는데 말입니다.」

구 병장은 일정에도 없는 내게 야간 근무를 세우게 된 게 미안했는지, 아니면 새롭게 근무명령서를 작성해 대대로 올라갈 일이 귀찮아서였는지 계속해서 변죽을 올렸다.

「알았다, 알았어.」

나는 흔쾌히 승낙했다. 쫄병 때처럼 특별히 잠이 부족한 것도 아니었고, 그렇다고 잠 못 이루는 시간에 마땅히 하는 일도 없었으므로 그건 사실 내게 별 어려울 것도 없는 문제였다.

「사실 이 병장님만큼 미더운 사람도 없었거든요.」

구 병장의 말에 나는 정색을 했다.

「알고 보면 괜찮은 녀석이야. 그렇게 따지면 심 상병은 어떻게 같이 보초를 섰겠어?」

「그렇긴 한데…….」

구 병장이 우물쭈물하다 뱉은 말이 나를 당혹스럽게 했다.

「간부들이 수군거리는 것으로 봐서 김영수, 그 녀석 학교 다닐 땐 상당한 운동권이었던 모양이에요.」

「무슨 소리야?」

「확실치는 않은데요, 그때 부대로 떠났던 게 병원으로 후송을 간 게 아니었다는 겁니다.」

「그건 또 무슨 소리야?」

「아무튼, 뭐 그런 얘기가 있어요. 저 들어갑니다.」

구 병장이, 앉았던 마당석에 담배불을 부벼 끄고는 일어섰다. 구 병장을 다시 잡아 앉힐까 하는데 포대사전 앞의 종이 울리기 시작했다.

땡땡, 땡땡, 땡땡, 집합종이었다.

그날 나는 경계 근무가 시작되는 새벽 1시까지 잠을 이루지 못했다. 그때 내무반 한쪽에는 낡기는 했지만 그래도 음질이 쓸 만한 턴테이블이 비치된 음악실이 마련되어 있었는데, 담요 속을 뒤척이던 나는 결국 그곳으로 자리를 옮겨 근무시간까지 기다려야 했다. 휴가병들이 복귀하면서 간혹 사 들고 들어온 것들이어서 실상 비치된 판 수도 얼마 되지 않았고 특별히 관리자가 없어 제 음을 내는 판도 얼마 되지 않았지만 가장 최근에 누군가 사다놓은 게 해바라기와 김완선이어서 그것을 틀었다.

교대시간이 되어 불침번이 나를 찾기도 전에 복장을 꾸려 행정반으로 들어가자, 그 시간 교대장을 맡고 있던 김 하사가 놀란 듯 나를 보았다.

「이 병장이 웬일?」

「잠도 안 오고 해서 국가에 봉사라도 더 할라고.」

그러면서 심 상병이 설 자리인 김영수 앞에 섰지만, 미리 이야길 전해 들었던지 김영수는 별로 놀라는 표정이 아니었다. 실탄을 인수받고 김 하사의 인솔을 받으며 밖으로 나서자 찬 공기가 폐부로 와서 박혔다.

앞번 보초들과 교대를 한 뒤 나는 잠깐 동안 산 능선에 세워진 초소 밖 평지에 철모를 깔고 앉아 숨을 고르고 있었다. 김영수는 초소 안으로 들어가 울타리 밖 저쪽을 향해 경계총을 하고 있었다. 사방 경계를 위해 나무를 베어내 시계視界가 터져 있다고는 하지만 달도 뜨지 않은 그 밤은 한 치 앞도 분간하기 힘들었다.

「이리 와 앉아라.」

「예?」

김영수가 무슨 소리인지 못 알아듣고 나를 돌아봤다. 나는 웃으며 다시 그를 불렀다.

「이리로 와서 앉으라고.」

쭈뼛거리며 다가오는 그를 보며 나는 뒤춤에 차고 있던 수통과 야전상의 호주머니에서 건제된 북어포 하나를 꺼냈다. 김영수와 보초를 서게 되어 일부러 PX에서 마련해둔 것이었다. 딱히 구 병장의 말이 있어서만은 아니었고, 한번쯤 김영수와 그런 자리를 마련하리라 이전부터 생각해오던 일이기도 했다.

일등병 시절 나는 임 병장으로부터 이와 같은 대접을 받은 적이 있었다. 내게 수통을 쥐어주던 임 병장은 말했었다. 나도 내 앞 사수로부터 똑같은 경험을 했었지. 나도 이런 자리를 마련할 수 있는 후배를 만날 수 있게 되어 반갑군, 하고.

「앉으라니까.」

난감한 얼굴을 하고 있던 김영수가 어색하게 무릎을 굽혔다. 소총은 한쪽 손에 쥔 채였다.

「편히 앉아. 소총 내려놓고.」

나는 조금 소리를 높여 말했다. 김영수가 엉덩이를 낮추고 앉았다.

칠흑 같은 어둠 저편에서 물 흐르는 소리가 들려왔다. 부대 밖 산기슭을 타고 흐르는 도랑물 소리였다.

나는 먼저 수통을 기울여 한 모금을 마셨다. 그러곤 김영수에게 내밀었다.

「괜찮습니다.」

「마셔. 괜찮아. 김 하사도 나한테까지 뭐라고 하지는 못할 거야.」

김영수가 어쩔 수 없었던지 수통을 입으로 가져갔다. 나는 북어포를 하나 꺼내 그에게 내밀었다. 2년 전이었을 거야. 바로 이 자리였지, 하고 입을 연 나는 어느 날 뜬금없이 야간 보초 시간에 내게 수통을 내밀던 임 병장 얘기를 시작했다. 그와 얽힌 에피소드도 들려주었고, 그 밖에 그곳에서 만났던 기억할 만한 여러 사람들에 대해 길지 않게 이야기했다. 그러면서 조금은 엉뚱하고 어처구니없고 자유가 제한되어 있으면서도 어쩔 때는 만화처럼 우스워 보이기도 하는 이 카키색 사회가 유지되어가고 있는 것도 바로 그런 이들이 있었기 때문일 거라고 말했다. 그러면서 나는 말미에 지나는 말처럼 덧붙여 물었다.

「밖에선 운동권이었다고?」

급작스러운 내 질문에 김영수가 흠찔 놀랐다. 그 당황스러움이 내게도 전해져올 정도였다. 나는 그러나 다시 태연하게 덧붙였다.

「뭘 놀라, 우리 시대 대학생치고 데모 한 번 안 한 이가 어디 있다고…….」

그의 눈빛이 어둠 속에서 빛을 발했다. 그건 지금껏 볼 수 없었던 눈빛이었다.

「대답하기 싫으면 안 해도 돼, 그냥 궁금했어. 자네 입으로 직접 듣고 싶었어. ……이전엔 어디를 갔다 온 거지?」

김영수의 수통 쥔 손이 가볍게 떨리고 있는 걸 나는 어둠 속이었지만 분명히 느낄 수 있었다.

「어디가 아팠던 거니? 정말 병원을 갔다 온 거야?」

「……?」

김영수는 쉽사리 입을 열지 않았다. 흐르는 물소리와 바람소리뿐이었다.

「괜한 소릴 물었나? 그만두자, 중요한 일도 아니니.」

나는 김영수의 손으로부터 수통을 건네받아 소주 한 모금을 마셨다. 또 괜한 소릴 꺼냈구나 싶었다. 문득 떠나버린 하치우와 임병장이 생각났다. 모두를 잘 살고 있을까? 그때 김영수가 가라앉은 목소리로 말했다.

「한 모금 더 해도 되겠습니까?」

나는 고개를 끄덕이며 수통을 내밀었다. 김영수가 고개를 뒤로 젖히고 깊이 수통을 빨았다. 목울대를 울리는 소리가 조금 기이하게 들려왔다. 수통에서 입을 뗀 김영수가 조심스럽게 입을 열었다.

「제가 시위 도중 구속되었을 때, 그렇게 빨리 풀려나올 수 있으리라곤 저 자신도 생각지 못했습니다…….」

김영수의 착 가라앉은 말이 계속되었다.

학내의 호헌철폐 시위에 참가했다가 체포되어 취조를 받던 이틀째였다. 담당 형사가 그에게 물었다. 자네 입대 영장 나와 있던데, 알고는 있었어? 물론 자신이 그걸 알고 있을 리 없었다. 어리둥절해 있는 김영수에게 그가 또 말했다. 운도 좋군. 이번엔 영락없이 콩밥을 좀 먹었을 텐데. 나가봐. 얼마 남지도 않은 모양인데. 어머니 걱정시키지 말고 조용히 지내다 입대나 해. 그는 황당했다. 그게 무슨 소리냐고 물었지만 형사는 나가보면 안다는 것이었다.

경찰서에서 나와 학교로 돌아와 보니까 정말 입영통지서가 나와 있었다. 입대일까지는 겨우 일주일이 남아 있었다. 병무청으로, 학도호국단으로 백방으로 알아봤지만 방법이 없었다. 조치를 취하기엔 너무 촉박한 시간이었다. 그는 자포자기 심정으로 입대를 결심했다. 집으론, 공부도 잘 안 되고 그래서 군대부터 마치고 와야겠다고 전화를 했다. 어머닌 큰 의심 없이 받아들이시는 눈치였다.

집결지는 의정부에 있는 보충대였다. 그는 그곳에서 기이한 경험을 하게 되었다. 이미 1차 신체검사를 거친 뒤 들어온 장정들이었기에 다시 한번 시행하는 그 신체검사는 형식적이었겠지만 그 자리엔 치마 차림은 아니었지만 여자로 보이는 사람이 한 명 끼어 있었다. 노란 캐주얼에 굽 낮은 힐을 신고 있던 그 사람을 남자로 보는 사람은 아무도 없었다. 그는 말투까지도 영락없는 여자였다. 그는 하루가 지나서 다른 장정들과 따로 격리가 되었다. 그러더니 다음 날이 되어서는 신검을 중단하고 보충대를 빠져나가는 것이었다. 정문을 나서면서는 운동장에 모여 있는 남은 이들을 향해 유유히 손까지 흔들어 보였다.

김영수에게 그럴 수도 있겠구나, 하는 생각이 찾아들었다. 그가 정말 호모였건, 여자인 체한 것이었건 그건 중요한 게 아니었다. 그렇게라도 그곳을 빠져나갈 수 있는 방법이 있다는 사실이 그를 놀라게 만들었다. 그때부터 그는 마음을 다잡았다.

훈련소에 도착하면서부터 그는 자신의 모든 사고와 행위의 틀을 깨버렸다. 훈련병에게 지급해주는 알철모를 두 개나 갖다 버렸고, 통신 보안에 위배된다는 수신인 없는 편지를 틈만 있으면 썼다. 물론 내용은 그 자신이 봐도 무슨 소리인지 모를 것들이었다. 내무반장의 군홧발에 수없이 차였고, 두 뺨이 온전할 때가 거의 없었지만 그럴 때도 그는 소리 없이 웃었다. 그렇게 시간이 흐르면서 그는 자기 자신의 본모습이 어떤 모습이었는지 헷갈릴 정도였다. 그러기로 하기 전의 자신이 진짜인지, 그러고 있는 자신이 진짜인지.

6주간의 훈련이 끝났을 즈음에 그는 소문난 고문관이 되어 있었다. 그를 맡았던 내무반장까지도 훈련이 끝나던 날, 자신을 심하게 대해 미안했다며 절대 군대 생활에 맞지 않을 것 같아 훈련소장에게 의견서를 제출했다고까지 귀띔해주었을 정도였다.

무개트럭 적재함에 실려 흙먼지를 뒤집어쓰고 곧짜골짜을 지니 이곳 자대로 와서는 신고를 제대로 하지 못해 인사과를 발칵 뒤집어놓았다. 약식으로 신고를 마치고 포대로 내려왔을 때 이윤이라는 학교 선배가 있었다. 이발소 안에서 라면을 끓여주던 그가 그렇게 반가울 수 없었다. 울컥 쏟아지려는 눈물을 어떻게 참아냈는지 모른다. 기왕 끌려온 군댄데 자신이 꼭 이럴 필요가 있는 건가. 회의가 밀려왔지만 그는 지금까지 해온 대로 이를 악물고 그 자리를 버텼다.

김영수가 숨을 고르려 했는지 내게 무슨 말인가 할 기회를 주려 했음인지 잠시 말을 끊었지만 나는 그저 그를 바라만 보았다. 어렵게 열린 그의 입을 방해하고 싶지 않았던 것이다. 김영수는 어느 순간부터 꼬박꼬박 군대식 경어를 사용하고 있었다.

포대장은 김영수에게 매일매일 그날의 심경을 적어내도록 했다. 그러나 그는 그날 치의 갱지를 거의가 뜻 없는 낙서로 채우기 일쑤였다. 그러기를 5일째였다. 마침내 그는 후송 조치를 받았다. 포대장은 그에게 잘 다녀오라고 말했지만 그는 이제는 떠나는 것이라고 믿었다. 어디로 가든 지금까지처럼 잘 해낼 수 있을 것이라고 그는 다시 한번 마음을 다잡았다. 그를 태운 지프차는 종내 산길을 달렸다. 그때까지도 그는 자신이 가고 있는 그 길이 어떤 길인지 알지 못했다. 선탑을 했던 중사계급의 사내는 그에게 눈길 한번 주지 않고, 사회인처럼 머리를 기른 운전병과 실없는 농담만 주고받고 있었다. 예상과는 달리 지프차가 멈춘 곳은 똑같은 제복의 사내들이 드문드문 눈에 띄는 한 부대 안이었다. 시들어버린 아카시아 꽃잎이 눈발처럼 날리고 있는 연병장 한쪽에 퀀셋트 막사 두 개가 덩그러니 놓여 있을 뿐이었다. 그는 그곳에서 대기 중이던 승용차로 옮겨 태워졌다. 민간인 복장의 서 중사로 불리우는 사내가 타고 있었고 운전병 역시 사복 차림이었다. 서 중사는 지프차 때의 중사와는 달리 붙임성 있게 그에게 말을 붙여오곤 했다. 어렵게 들어간 대학일 텐데 공부나 열심히 하지 무슨 허튼 짓을 해서 이 고생을 하고 다녀, 그러는가 하면, 자네 하나만 바라보고 사시는 홀어머닐 그렇게 마음 아프게 해서 되겠어, 서 중사는 그의 집안 사정까지 상세히 꿰고 있었던 것이다. 그는 무척 놀랐지만 물론 내색할 수는 없었다. 기분이 좋지 않았고, 뭔가 잘못되어가고 있다는 생각도 들었다. 그 차가 어디로 가고 있는 것인지 궁금했지만 물을 수도 없는 노릇이었다.

그를 실은 차는 계속해서 달렸고, 어느새 경춘가도를 달리고 있었다. 그리고 또 얼마가 지나 서울 근교에 들어서서는 차를 세웠다. 신경 쓰지 마, 의례적인 거니까. 서 중사가 말하면서 그의 눈을 가렸는데, 그는 두려움에 소름이 돋았지만 역시 표를 낼 수 없었다. 곧이어 차는 출발했고, 십여 분을 더 달렸을까, 차가 멈춰지는 것이 느껴졌다.

눈가리개가 벗겨지자 처음 그의 눈에 잡힌 것은 그곳의 풍경이었다. 밖은 분명히 보통의 주택가였다. 밖에서 아이들 목소리까지 들려왔다. 김영수 앞에는 두 명의 사내가 서 있었다. 그들이 가까이 왔을 때, 그들의 풍채는 거리감을 두고 보았을 때보다 훨씬 크고 강인해 보였다. 소장님 좀 뵙고 올게. 서 중사는 그를 두 사내에게 맡기고는 그 방에서 사라졌다.

김영수는 부대를 떠나 그곳에 이르기까지 한마디도 하지 않고 있었지만 머릿속에서는 수많은 생각들이 교차했다.

작은 사무실 안에는 책상이 하나 있고, 위쪽에 태극기와 대통령의 사진이 걸려 있었다. 창이 하나 있었는데 그 밑으로 탁자와 소파가 있었다. 그를 세워둔 사내들 중 하나는 소파에 또 하나는 책상의 모서리에 걸터앉았다. 그는 눈길을 둘 곳이 없어 벽을 바라보고 있었다. 사내 하나가 말했다. 태극기 첨 봐? 그는 어쩔 줄 몰라 하며 여전히 입을 다물고 있었다. 사내가 다가오더니 다짜고짜 그의 뺨을 쳤다. 아찔했다. 그는 억지로 미소를 지었다. 그게 그가 취할 수 있는 보호기제의 전부였다. 테이블에 앉아 있던 사내가 같이 웃었다. 사내가, 가소롭다는 듯 웃더니 주먹을 날려왔다. 사내의 주먹은 정확히 그의 명치에 걸렸고 숨이 막혀왔다. 다시 등덜미로 충격이 왔다. 그는 맥없이 고꾸라져버렸다. 살살 해. 애 하나 죽이겠어. 이 자식이 여기까지 와서도 미친 척하잖아. 근데 이런 빨갱이 새끼를 왜 이렇게 순하게 대접하라는 거야? 낸들 알겠어. 기다려보자고. 대기하라고 하니. 그들이 그렇게 말하는 사이 책상 위의 전화가 울렸고 하나가 수화기를 집어 들고는 몇 번 네네 하고 대답했다.

「자, 시작하자구.」

그리고 그가 끌려 내려간 곳은 3평 남짓한 작은 방이었다. 옆쪽에 검은 땟국물이 흐르는 욕조가 하나 있었고 의자가 있었다. 들어서자마자 사내 하나가 말했다.

「옷 벗어.」

김영수는 겁에 질려 옷을 벗었다.

「앉아.」

김영수가 앉자 사내가 그의 팔을 뒤로해서 수갑을 채우더니 옆에 있던 양동이를 들어 물을 확 끼얹었다.

「박원호 어디 있는지 알지!」

박원호는 그가 입대 당시 자민투 조직위원으로 건국대항쟁을 주도한 혐의로 수배 중이었던 친구였다. 고향 동문이기도 했다. 아무리 그렇다고 해도 그가 지금 어디 있는지 당연히 김영수는 알 리가 없었다.

「모릅니다.」

김영수가 울부짖듯 말했다.

「이 새끼 아직 상황 파악을 못하고 있군.」

말이 마쳐지기가 무섭게 몽둥이가 날아들었다.

그렇게 시작된 매질은 얼마 동안이나 이어졌는지 모른다.

정신을 잃었다가 깨어나면 자신의 몸에서 나왔을 배설물까지 더해 역한 냄새가 코로 스며들었다.

그는 살고 싶다고 생각했다. 죽음만이 그 고통을 벗어날 수 있는 유일한 구원인지도 몰랐지만 그는 살고 싶었다. 살려주세요. 살려주세요.

콧속으로 고춧가루가 섞인 물이 들어올 때는 아, 이렇게 해서 사람이 죽는 거구나 싶어지면서 자신이 살아온 나날의 전부가 크기를 가늠할 수 없는 한 장의 사진이 되어 눈앞에 펼쳐지기도 했다.

일그러진 김영수의 얼굴을 보는 일은 고통스러운 일이었다. 그가 기억의 엄청난 고통에 못 이겨 말을 멈췄는지, 내가 말을 끊었는지도 확실치 않을 지경이었다.

그는 병원용 철제 침대 위에서 깨어났다. 침대 곁에 서 중사가 서 있었다.

며칠 만인지 기억할 수 없었다. 그는 다시 서 중사 손에 이끌려 승용차를 타고 서울로 들어갈 때의 역순을 밟아 퀀셋 막사로 돌아왔다. 그때부터 지루한 정신교육이 시작되었다. 그리고 얼마가 지나 서 중사로부터 지시가 내려왔다.

「학교로 돌아가서 휴가 나온 척하고 박원호에게 줄을 대봐. 너라면 연락을 취해올 거야.」

다음 날 김영수는 서 중사의 배웅을 받으며 떠밀리듯 버스에 올랐다. 그는 서울에 도착하자마자 학교로 가지 않고 우선 고향행 열차에 몸을 실었다. 박원호의 고향집에도 들러 소식을 넣어두라는 게 서 중사의 지시이기도 했던 것이다.

그의 어머니는 당연히 그가 단순히 첫 휴가를 나온 것으로만 알고 있었다. 그는 시골집에서 이틀을 머물며 그 친구의 집에도 들렀다. 당연히 그 친구의 가족들도 그의 소식을 알고 있지 않았다.

서울로 올라와 학교를 찾아 총학생회 후배들을 찾아가자 그들 모두 그를 반갑게 맞아주었다. 그러나 예상했던 대로 박원호의 소재를 알 길은 막연했다. 김영수는 여러 방면으로 자신이 통화라도 하고 싶어 한다는 메시지를 전달했고 마침내 총학 사무실에 죽치고 있는 그에게 전화가 걸려왔다. 반갑게 인사를 나누고 자신이 휴가를 나왔다며 만나자고 했지만 그는 좀 멀리 있다고 만나기는 곤란하다고 말했다. 자신이 가겠다고 거기 어디냐고 묻자 그는 의심 없이 자신이 있는 곳을 알려주었다.

김영수는 떨리는 심정으로 전화를 끊었다. 실상 그것을 물으면서도 친구가 알려주지 않길 바랐던 마음이 더 컸던 것이다.

그길로 김영수는 부대로 돌아와 그간의 행적을 소상히 보고했다. 서 중사는 크게 기뻐하며 그의 어깨를 두드려주었다.

그런 기묘한 생활은 이후로도 몇 번 더 이어졌다.

김영수는 고개를 떨구었다. 나는 아무런 말도 할 수 없었다. 분노를 터트리려 해도 그 대상이 불분명했다. 위로를 하려고 해도 쉽게 입이 떨어지지 않았다. 그는 분명 동료들을 팔아넘긴 밀고자인 셈이었다. 그는 울고 있는 것 같았다.

춥고 어두운 밤이었다. 내가 간신히 김영수의 어깨를 잡아 누르는 것으로 위로를 대신하고 있을 때 보초 교대 근무자들이 군화굽

소리와 소총 쓸리는 소리가 가까워지고 있었다.

김영수가 후두둑 몸을 털고 일어나 자세를 갖추는 것을 보면서 나는 오히려 남아 있는 술을 목구멍에 털어넣었다.

1987. 12.

대통령 선거 부재자투표를 며칠 앞두고 있던 그날은 내가 22시부터 02시까지 보초 교대를 인솔하는 교대장을 맡고 있던 날이었다. 22시부터 시작되는 근무자들을 교대시키고 난 직후였다.

「이 병장, 포대장님실로 들어가봐!」

당직사관인 전포대장이 행정반 책상에 앉아 내게 지나는 말처럼 그렇게 지시했을 때까지만 해도, 그저 포대장이 이 시간까지 웬일인가 싶었을 뿐이었다.

내가 막 입은 복장 그대로 포대장실로 들어가려 하자 전포대장은 군장 풀고 들어가, 했다.

나는 조금 의아했다. 보초 교대는 또 즉시 이루어질 것이기 때문이었다. 그러나 나는 지시대로 철모를 벗고 탄띠를 풀어놓은 채 포대장실의 문을 두드렸다.

「누군가?」

「예, 병장 이윤입니다.」

「들어와.」

포대장실의 문을 열자 열기에 휩싸인 담배 연기가 훅 얼굴로 끼얹어져 왔다. 안에는 강 대위 외에도 내무반장 임춘구 하사와 서무계 구 병장, 포대 최고참인 남궁모한 병장이 자리를 차지하고 앉아 있었다.

「이리 와 앉게.」

강 대위의 얼굴은 이미 어느 정도 불콰해 있었다. 옆으로 밀쳐진 빈병들로 미루어 전작이 꽤 있었던 듯했다.

나는 구 병장이 내주는 강 대위 바로 옆 자리에 앉았다.

「한잔하게.」

강 대위가 자신의 잔을 비우고 내게 내밀었다.

「지금 근무 중입니다.」

「알아, 잘 아니까 받으라니까.」

나는 어쩔 수 없이 잔을 받았다.

「안 마실 건가? 받았으면 줄 줄도 알아야지.」

나는 잔을 비우고는 강 대위에게 돌렸다. 잔이 채워져 갈 무렵 무슨 생각에선지 강 대위가 밖을 향해 소리쳤다.

「행정반, 행정반 아무도 없나?」

잠시 후 문이 열렸다. 행정반 한쪽 책상에 앉아 졸고 있던 조 일병이었다. 포대장의 뒤치다꺼리까지 해야 하는 그로서는 강 대위가 퇴근을 하지 않고 있었으므로 대기하고 있었던 것이다.

「포대장님 부르셨습니까?」

「그래, 조명수 아직 안 잤나?」

「예, 내일 교육하실 차트가 아직 준비 안 돼서.」

「그래, 빨리 끝내고 자도록 하고…….」

군대란 그런 곳이었다. 조명수가 자신 때문에 그렇게 잠도 못 자고 밖에서 대기 중일 것이라는 점을 누구보다 잘 알고 있을 강 대위였지만 그런 걸 곧이곧대로 내색하고 그러는 법은 없었다. 그건 앉아 있는 모두가 모르지 않았다. 강 대위의 다음 말이 좌중을 긴장하게 했다.

「다음 보초 교대는 교대장 없이 내보내라 그래.」

처음에 무슨 소린지 못 알아들은 조명수가 멍한 표정으로 나를 바라봤다. 그러나 당황한 건 나 역시 마찬가지였다. 잠시 후 뜻을 이해했는지 조명수가 예, 알겠습니다, 하고는 문을 닫았다.

자리에 긴장이 흘렀다. 아무리 전쟁이 없는 군대였지만 경계만큼은 병사의 생명보다 중요하게 여길 것을 교육시키는 곳이 또한 군대였다. 그런데 부대를 책임지고 있는 지휘관의 입에서 그런 명령이 내려진 것이다.

「임 하사 하던 얘기 계속해보지, 어디까지 말했었지.」

강 대위의 지목에 후다닥 자세를 갖추며 임 하사가 말을 잇기 시작했다.

「제 생각엔 그래서 별 걱정할 필요가 없을 거란 겁니다. 우리가 이렇게까지 잘살게 된 건 그분들의 헌신적인 나라 사랑이 있었기에 가능했던 것 아닙니까. 내년엔 올림픽도 개최되는데, 요만한 나라에서 그런 큰 행사를 치를 수 있게 되리라고 누가 상상이나 했겠습니까? 그만큼 우리 국력이 큰 것이고, 그것도 지금의 대통령 각하의 영도 아래 이룩해낸 성과가 아니고 뭐겠습니까? 국민들은 이 점을 잊지 않을 거란 그런 말씀을 드렸습니다. 그리고…….」

끝이 없을 것 같은 임 하사의 말을 포대장이 끊었다.

「그래, 그럴지도 모르지.」

나는 그제야 이 자리의 성격을 깨달았다. 선거를 앞둔 부대의 분위기는 평소와 확연히 달랐다. 오후 6시까지의 일과 시간도 4시로 당겨졌고 이후부터는 전투 체육이란 명목으로 축구를 하게 한다거나 개인 세탁을 할 시간을 내주었다. 식단의 반찬이 눈에 띄게 깔끔해지고 풍성해진 것도 평소와 표 나게 달라진 점이었다. 요즘 같은 군대 생활이면 말뚝도 박겠다는 농담이 사병들 사이에 공공연히 나돌 정도였다. 이 자리 역시 그 연장선으로 강 대위가 포대 고참들을 데리고 앉아 분위기를 파악하는 자리인 듯했다.

「남궁 병장 생각은 다를 것 같은데? 아직까지 한마디도 안 했잖아.」

포대장이 남궁모한 병장을 지목했다. 남궁 병장은, 과묵한 성격으로 통솔력도 있고 정직해서 포대원들이나 간부들로부터도 꽤 인정받는 사병 가운데 하나였다. 대학원을 다니다 입대한 그는 나이도 꽤 됐다. 임 하사가 얘기하는 동안 줄곧 고개를 숙이고 있던 남궁 병장이 고개를 들었는데, 그도 조금 취해 있는 것 같았다.

「제 생각엔, 국민들의 의식이 어쩌면 위에서 생각하는 것 이상으로 높아 있지 않을까 생각합니다.」

「……?」

「이번의 선거도 국민들의 요청을 각하께서 받아들인 셈이 아니겠습니까. 4·19때와도 다르게 자신들 손으로 대통령을 뽑게 되었으니 결과가 어찌 될진 정말 예측하기 힘들 것 같습니다.」

남궁 병장의 말에 강 대위가 고개를 끄덕였다. 나는 조금 놀란 눈으로 그를 보았다. 구 병장도 같은 심정이었는지 내 눈치를 살폈다. 누가 뭐래도 그렇게 솔직히 말할 필요도, 이유도 없는 자리라 여겼던 것이다. 임 하사가 되풀이하듯 말했다.

「누가 뭐라나, 그래서 각하께서는 국민의 소리를 듣고 직선제는 물론 대통령 임기를 단임으로 못 박고, 국민의 뜻에 따라 평생 동지인 노태우 각하를 내세운 것 아냐…… 그 솔직 담백하심이 국민들 마음에 깊이 박혀 있을 거라는 말이야. 반면에 저 빨갱이 새끼들은, 자기 밥그릇 찾기 급급해서 30년 민주동지 어쩌구 하더니 하루아침에 전생의 원수나 되는 것처럼 싸움박질이나 하고 있지 않느냔 말이지. 전라도니 경상도니 패싸움이나 하고, 그러면서 무슨 나라와 민족을 위한 결단이야, 결단이. 우리 국민들이 그걸 모를 것 같아?」

강 대위가 다시 임 하사 말을 막고 나섰다.

「임 하사 말도 일리가 있어. 남궁 병장 계속해보지.」

남궁 병장이 다시 콧등의 안경을 추켜세우곤 가라앉은 목소리로 말했다.

「국민들 사이에 요즘 비판적 지지라는 말이 있다고 합니다. 그래도 정권은 교체해야 하지 않겠느냐는 공감대가 서 있다는 것이죠. 국민들이 정말 많이 변한 것 같습니다. 그래도 누가 이 땅의 민주화를 위해 힘써 왔는가를 나름대로 평가하고 제대로 투표를 하지 않을까요?」

「민주화? 민주화, 민주화 그러는데, 얼마나 더 잘살게 해줘야, 그 놈의 민주화 소리가 안 나오는 거야. 아니 지금은 민주화 시대가 아니고 공산화 시대라도 된다는 거야 뭐야.」

「됐어, 됐어. 그만들 하고.」

강 대위가 웃으며 말하곤 담배를 빼어 물었다.

「남궁 병장 말은 이해해. 그렇지만 정말 우리나라를 위해서는 다시 한번 군인 출신인 노태우 후보가 되어야 하지 않겠어. 내 얘긴 말이지…….」

강 대위가 지금까지와는 다르게 쉽게 말을 못 맺고 손가락의 담배를 길게 빨아들이며 무슨 생각엔가 잠겼다. 잠깐의 침묵이 흐르는 동안 임 하사는 자신의 술잔을 입에 가져갔고, 남궁 병장은 탁자를 내려다보고 있었다.

「이 병장은 어때, 무슨 얘긴지는 이제 들어서 알 테고.」

강 대위가 갑자기 생각이라도 났다는 듯 나를 돌아보며 물었다. 나는 알 것 같았다. 강 대위가 하고 싶어 하는 말이 무엇인지. 아니

듣고 싶어 하는 말이 무엇일지. 그러나 나는 별로 말하고 싶지 않았다. 그렇다고 아무 말도 않고만 있을 수는 없는 일이었다. 나는 될 대로 되라는 심정으로 말했다.

「그보다 전 궁금한 게 있습니다.」

내가 일부러 조금 어눌한 웃음을 띠며 물었다.

「뭔가?」

「제가 군에서 투표라는 걸 처음 해봐서 드리는 말씀입니다. 정말 저희들의 투표지가 제대로 개표장까지 가긴 하는 겁니까?」

내 물음에 강 대위의 얼굴이 잠깐 굳어지는가 싶더니 이내 웃으며 말했다.

「그건 내가 자신하지. 이 병장 말대로 그런 오해가 있기도 한 모양인데, 그건 절대 기우야. 투표함은 투표장인 이곳에서 개표소까지 절대 개봉할 수 없게 돼 있어. 믿어도 되네.」

「그래서 드리는 말씀입니다만, 부탁드릴 게 있습니다.」

「뭔가?」

강 대위가 눈을 빛내며 물었다.

「포대장님의 우려나, 저희들에게 하고 싶으신 말씀은 안 하셔도 잘 알 거 같습니다.」

「…….」

「그런 신뢰를 위해서라도, 포대원들에게 엄격한 비밀투표를 보장해주면 어떨까 싶습니다. 그러면 오히려 저희 같은 사병들도 포대장님과 같은 생각으로 투표에 임하지 않을까 싶습니다. 물론 그렇게

만 된다면 저부터 그런 마음이 들 수도 있을 것 같습니다. 남궁 병장님도 그렇지 않으신가요?」

옆자리 구 병장이 내 허벅지를 꾹 눌렀다. 어색한 침묵이 이어졌다. 얼마나 지났을까, 강 대위가 웃음 띤 얼굴로 말했다.

「좋아, 약속하지. 그러나 이거 하나는 확실히 해두자구. 이건 이 병장이 말을 꺼내서가 아니라 애초부터 나 역시 그럴 참이었으니까.」

강 대위의 한마디로 팽팽했던 긴장감이 한순간에 풀려버렸다.

「고맙습니다, 포대장님.」

나는 속으로 안도의 한숨을 토해냈다. 실은 대단히 위험한 발언으로 평소 이발을 해주면서 여러 이야기를 나눈 바가 있어 나름 포대장의 성정을 아는 까닭에 도발하듯, 한 말이었다. 자칫하면 대단히 건방져 보일 수도 있는 말. 그러나 강 대위는 역시 이전 포대장과 달리 보통 지휘관답지 않게 그렇게 내 말을 받아들였던 것이다.

「자, 우리 선거 얘긴 그만하고 술이나 한잔할까?」

강 대위가 자신의 잔을 들어 올리며 건배를 청했다.

「내일은 오랜만에 볼이나 한번 차고 포대 회식을 한번 하는 게 어때.」

「그거, 좋습니다. 포대장님, 1, 2 내무반 내기를 하죠.」

강 대위의 말을 받아 임 하사가 분위기를 잡았다.

강 대위의 말대로 다음 날 오후는 1, 2 내무반 축구 시합이 있었고, 그 시간 이후로 포대 회식이 이어졌다.

내무반의 분위기는 급속도로 뜨거워졌다. 강 대위는 백여 명에 이르는 포대원들 전원과 한 잔 이상씩의 술을 주고받았다. 한자리에 그렇게 많은 술이 유입된 것은 내가 입대하고 처음 있는 일이었다.

「이거 이래도 되는 겁니까?」

구 병장이 다가와 심상치 않게 변해가는 내무반을 가리키며 우려를 나타낼 즈음, 인사계는 행정반으로 임 하사를 불러들였다. 그리고 잠시 후 임 하사가 나와 자리 정돈을 시키려 했다.

「주목, 주목해라. 모두 침상 위로 올라가, 자기 자리로 돌아가란 말이다.」

그러나 그런 정도로 정리가 될 분위기가 아니었다.

「조용히 하란 말이다, 이 새끼들아!」

보다 못한 인사계 상사가 침상 위로 군홧발인 채 뛰어올라가 발을 굴렀다. 내무반은 한순간에 침묵 속으로 빠져버렸다. 월남전 참전을 훈장처럼 자랑스러워하는 인사계는 포대장과는 또 다른 사람이었다. 계급을 무시하자면 실상 포대의 가장 어른인 셈이었다.

「이제 회식은 끝났다. 모두 자기 자리로 돌아가 앉는다. 포대장님께서 너희들에게 교육하실 게 있으시다.」

저편에 앉아 병사들과 수작을 나누고 있던 강 대위가 완전히 풀린 눈으로 그런 인사계를 바라보다 앞쪽으로 걸어 나왔다.

「인사계 말대로 회식은 끝난 게 아니다.」

강 대위는 가라앉은 분위기를 의식해서인지 그렇게 말문을 열었지만 더 이상 병사들은 환호하지 않았다.

「사실, 난 오늘 너희들에게 할 말이 있었다. 나는 너희 가운데 몇몇과 약속을 했다. 그 약속에 대해 말하고 싶었다. 그러나…… 그러지 않기로 했다. 나는 그냥 너희들을 믿기로 했다. 술들 더 마셔라. 이상!」

인사계의 의도가 무엇이었든 강 대위의 말은 간단하게 끝났다. 혀가 풀려 더 이상 얘기를 할 수 없는 지경이기도 했다. 그런 강 대위를 구 병장과 조명수가 양쪽에서 부축해 행정반으로 들어갔다.

기다렸다는 듯이 내무반장 임 하사가 나섰다. 강 대위가 못한 말을 자신이라도 해야겠다는 생각이었는지 강한 톤으로 말했다.

「포대장님의 말이 무슨 뜻인지 알 사람은 다 알 테지만, 혹시라도 해서 한마디하겠다. 이번 선거에서 몇 프로 이상의 반대표가 나오면 포대장님은 문책을 당하신다. 포대장님뿐만 아니라, 대대장님까지도 그렇다. 포대장님의 뜻은 하나다. 어차피 결정된 판인데 반대표를 던져서 부대 시끄럽게 만들고 우리가 고생할 필요가 있겠느냐는 거다. 포대장님은 너희들을 믿고 선거에 전혀 개입하지 않겠다고 하셨다. 다른 포대 얘기는 듣고 있을 테고, 그런 점에서 얼마나 멋진 분인가, 우리 포대장님은…….」

나는 그의 말을 더 이상 듣고 있기 힘들어서 내무반을 나섰다. 임 하사 정도가 통제할 수 없을 만큼 나는 짬밥을 먹고 있었던 것이다.

막사 앞에서 담배를 막 꺼내 무는데 저쪽 마당석 위에 인기척이 느껴졌다. 자세히 보니까 남궁 병장이었다. 나는 그에게로 다가갔다.

「술 좀 먹었어요?」

곁에 앉으며 묻자 그가 고개를 끄덕였다.

「응, 조금 취하는군. 그나저나 이 병장 이번에 큰일했어.」

「……?」

「어젠 내가 조금 취하기도 했었지만, 그냥, 될 대로 되라는 심정이었는데, 그렇게까지 할 줄은 몰랐는걸. 난 거기까진 전혀 생각 못했거든.」

「아녜요. 남궁 병장님이 물꼬를 터놨으니까 그런 거지, 내가 무슨 생각이나 있었겠습니까?」

남궁 병장이 배시시 웃었다. 서른이 가까워오는 나이라곤 전혀 믿기지 않았다.

「그렇게 얘기하니까 더 고마운데…… 알다시피 나는 이제 얼마 후면 떠나. 결과가 나올 때쯤이면 이곳에 있지 않겠지. 난 정말 새로운 세상에서 새롭게 시작하고 싶었다네.」

「그럼 남궁 병장님은 정말 이 선거에서 이길 수 있다고 생각하세요?」

남궁 병장이 조금 놀란 얼굴로 바라봤다.

「그렇지 않으면? 이 병장은 그런 확신도 없이 그런 건가? 그럼 강 대위와의 약속도 지키겠다는 말인가?」

「…….」

남궁 병장의 물음에 나는 대답하지 않았다. 물론 그런 남궁 병장님은 약속을 지키지 않겠다는 말이냐고 묻지도 않았다. 나는 그게 누구와 한 약속이건, 약속은 지켜야 한다고 믿는 측이었다. 아버지는 언젠가 말했다. 나는 약속을 지키지 못했다. 모두 그럴 수밖에 없는 상황이었다고 나를 이해하고 위로했지만 나는 그때 어떻게 해서든 약속은 지켰어야 했다. 너는 어떤 약속이든 지키는 사내가 되어야 한다. 윤아.

「이 병장님!」

행정반 조명수의 부르는 소리가 저편 어둠 속에서 들려왔다.

「나 여기 있다.」

「포대장님이 찾으십니다. 빨리 오십시오.」

조명수의 다급한 소리였다.

「가보겠습니다.」

나는 남궁 병장과 헤어져 조 일병이 있는 쪽으로 걸어갔다. 포대장실로 들어가자 강 대위는 그곳에 임시로 펴놓은 야전침대에 드러누워 있었다. 구 병장이 그 옆에 서 있었는데, 이미 제정신이 아닌 것 같았다.

「대대장 개새끼 자기도 YS면서…….」

「……?」

나는 나를 보았다가 강 대위를 내려보았다가 하며 난감한 표정을 짓고 있는 구 병장의 등을 두드려주고는 그곳을 나왔다.

「나보고 어쩌란 말이야, 개새끼.」

그때까지도 강 대위는 혼잣소린지 누구에게 들으라는 소린지 알 수 없는 소리를 내뱉고 있었다.

선거는 3일 후 한꺼번에 이루어졌다. 투표소는 행정반에 면해 있는 분대장 연구실 안에 꾸려졌다. 그날 포대장은 무슨 이유에선지 여섯포부터 선거를 하도록 해서 하나포인 우리는 가장 마지막에 선거를 치르게 되었다. 포상에 넘어가 있다, 하나포반 순서가 되었다는 연락을 받고 행정반으로 돌아왔을 때, 강 대위는 들어서는 나를 외면한 채 창밖을 내다보고 있었다. 임시 투표소의 문을 밀치고 들어서자 구 병장이 투표용지를 내밀었다.

「이 병장님이 마지막입니다.」

인사계가 구 병장 옆에 앉아 참관인 겸 투표를 돕고 있었다. 귀퉁이에 흰 천으로 사방을 막은 기표소가 있었고, 그곳으로 들어서자 볼펜과 인주가 마련되어 있었다. 더 이상 의심할 나위 없는 완벽한 비밀선거였다. 포대장은 약속을 지킨 것이었다. 나는 투표용지를 펼쳤고 한동안 그곳을 채우고 있는 일곱 명의 이름을 아주 천천히 들여다보았다.

그때쯤 나는 아주 난감해 있었다. 내가 한 약속에 대해 근본적인 회의가 들었던 것이다. 무엇보다 아버지가 생각났다. 사내는 자신이 한 말에 책임을 질 수 있어야 한다고 아버지는 말씀하셨다. 그러나 이런 경우 아버지의 말은 틀릴 수도 있다는 생각이 들었다. 나는 어쩐 일인지 문득 수연을 떠올렸다. 그럴 리는 없겠지만 오늘의 이 상황을 그녀에게 설명할 기회가 온다면 나는 무어라 말할 수 있을까. 이번 선거의 근본적 한계를 지적했던 하치우가 생각났고, 의식적으로 잊고 있던 상규가 생각났고, 이제는 떠나버린 임 병장과, 아직도 한참을 이곳에 남아 있어야 할 김영수도 떠올랐다. 그러자 더더욱 이 경우에는 아버지가 틀렸다는 생각이 들었다. 급기야 나는 내가 누구를 찍건 강 대위가 알 리 없다는 데까지 생각이 나아갔다. 붓뚜껑을 누르는 내 손이 가볍게 떨렸다.

「이 병장님 수고하셨습니다.」

기표소를 빠져나왔을 때 구 병장이 말을 건넸지만 나는 대꾸할 기분이 아니었다. 행정반실로 나왔을 때 강 대위는 그때까지도 창밖을 응시하고 있었다.

돌아보면 신기하게도 그때 내가 기표소 안에서 어느 후보자의 이름 밑에 붓뚜껑을 눌렀는지는 전혀 기억이 나지 않는다. 나는 마지막 순간에 두 명의 후보자 이름 밑에 기표를 해버리고 싶은 욕망에 시달리기까지 했었으니까.

그러나 얼마가 지나 모든 것이 결정된 뒤, 나는 구 병장을 통해 내가 얼마나 이기적인 놈이었던가를 확인할 수 있었다.

「포대장님이 이 병장님 칭찬이 대단해요.」

「……?」

「자신과의 약속을 끝까지 지켰다고요.」

나는 할 말을 잃고 붉어지는 얼굴로 구 병장의 다음 말을 들어야 했다.

「우리 포대에선 야당표가 네 표 나왔는데 그게 모두 전라도 병력이었대요. 아무튼 걔네들 역시 대단하죠.」

2000. 3.

신문은 온통 한 달 앞으로 다가온 총선 관련 기사였다. 시민들의 힘으로 이루려던 선거 혁명, 곧 낙천 운동은 정치권의 이해득실에 의해 그 빛이 바랬다는 게 공통된 논조였다. 정 기자나 상규, 그리고 나 같은 사람들을 화나게 만들었던 정 의원은 아무 문제 없이 제1야당의 공천을 받았고 오히려 자신의 지역구에서 대규모 장외집회를 계획하고 있다는 소식도 들렸다. 자체 여론조사 결과 그가 당선 가능성이 가장 높은 것으로 나왔다며 민의는 바로 그런 것이라는 그들의 공천 심사위원들의 발언이 언론을 도배했다.

나는 대충 신문을 훑어본 뒤 교정지를 앞에 두고 앉았다. 신문의 내용은 언제나 그렇듯 우울했지만 나는 이제 다른 생각에 휘둘리지 않고 원고에 몰두할 수 있었다. 출근해서 마침내 정 기자에게 원고를 메일로 보냈던 것이다.

오후 늦게 정의환이 전화를 걸어와 너스레를 떨었다.

「오래 속 태운 가치가 있네. 우리 국장도 이 사장 글 보더니 꼭 한 번 만나보고 싶다고 하더군. 내가 보기엔 너무 자학하는 거 같애. 제목도 좋던데. '85학번 영수를 아시나요?'. 그런데 왜 제목에 성은 뺀 거야?」

「…….」

나는 정 기자의 물음에 답하지 않았다. 그 시절 영수라는 이름은 사실 아주 흔한 이름이었다. 내가 아는 이만 해도 몇 명 되었다. 그에 대해 화제를 삼은 적도 있다. 아마 우리 부모님들이 우리를 건강하고 오래 살라는 뜻에서 그런 이름을 지어준 게 아닐까, 하는 것이 중론이었다. 나는 그 시절의 영수가 단지 그곳에서 만났던 그 김영수 하나가 아니었을 거라는 의미로 그렇게 제목을 붙이기도 한 것이지만 그런 얘기까지 하고 싶진 않았던 것이다.

「고마워. 그런데 이제 더 이상 전화하지 마. 지긋지긋하다.」

「ㅋㅋ. 책 나오면 바로 달려갈 테니까. 보고 싶어도 그때까지 참아라. 끊는다.」

전화를 끊고 원고를 다시 들여다보았지만, 나는 이내 정 기자를 원망하며 붉은 펜을 내려놓아야 했다. 이미 조금 전까지 나를 다잡고 있던 집중력이 어느 순간 자판기에서 뽑은 종이컵 속 커피처럼 시나브로 식어버렸던 것이다.

나는 가슴속에 묻어둔 이야기를 쓰면서 어느 순간 정말 고민스러웠다. 어찌 그 세월의 이야기를 고작 원고지 20매 내외 속에 담아

낼 수 있다는 말일까. 나는 결국 완전히 드러내지 못할 바에는 오히려 철저히 감추기로 마음먹었고 20매 속 이야기는 김영수, 한 개인에게로 집중했던 것이다. 물론 그것은 실명이었다. 그는 한편 그 불의 시대의 배신자였지만 한편으로는 누구보다 커다란 피해자였기 때문이다. 그러나 그 피해자라는 것이 어디 그 하나였을까. 아니 그 배신자라는 것이 그 하나였을까? 어쩌면 그 시대를 살아낸 우리 모두가 배신자였고 피해자는 아니었을까?

나는 자리에서 일어나 창가를 향해 갔다. 과연 하치우는 지금 어떤 모습을 하고 있는 것일까? 과연 이 땅에 있기는 한 걸까? 수연은 지금 어떤 모습으로 어떤 삶을 살아가고 있을까? 나는 문득 떠오른 생각에 이번엔 내가 참지 못하고 정 기자에게 전화를 걸었다.

「응, 웬일이야. 그새를 못 참고?」

「하치우 연락처 알아본다는 거, 어떻게 진척은 없어?」

「무슨 소리야, 전번엔 너무 무리할 필요 없다고 그만두라고 해놓고서는?」

내가 그랬던가? 나는 잘 생각이 나지 않았다.

「그랬나? 아무튼 좀더 알아볼 수 있지?」

「글쎄, 해보긴 하겠지만…… 마감 끝내고 다시 알아볼게. 지금 다들 집에도 못 가고 비상사태니까.」

나는 부탁한다며 전화를 끊었다. 나는 무슨 방법이 없을까 생각하다 문득 얼마 전 전화를 걸어왔던 김호근을 떠올렸다. 혹시 그는 알고 있지 않을까? 단지 신문에서 내 얼굴을 한번 봤다고 십수 년이 지나 전화를 걸어올 정도라면 의외로 그때의 사람들에 대한 근황을 알고 있을지도 모른다는 생각이 들었다. 나는 황급히 자리로 돌아와 내 메모첩을 살폈다. 그때 김호근은 혹시 차 바꿀 일 있으면 연락하라며 전화번호를 남겨두었었다. 있었다. 거기 2월 15일 자 칸에 김호근의 이름이 있고 그 옆에 전화번호가 적혀 있었다. 나는 서둘러 번호를 눌렀다.

세 번의 신호음 끝에 응답이 있었다.

「김호근입니다.」

나는 순간적으로 말을 높여야 하나 낮추어야 하나 망설였지만 전번의 통화도 있고 해서 친근하게 말했다.

「나, 이윤인데.」

「어 웬일이야, 이 사장이. 야, 반갑다.」

나는 몇 마디 형식적인 인사를 나누고 물었다.

「혹시 말야? 하치우라고 기억해?」

「알지. 그를 모를 리가 있나. FDC 있던 하치우 말이지.」

에프디씨, 사격지휘소. 오랜만에 들어보는 용어였다.

「혹시 요즘 어떻게 사는지 알아?」

「글쎄 내가 그것까지 알 수 있나?」

나는 역시 그렇겠지 싶어졌지만 실망감은 어쩔 수 없었다. 그런데 김호근은 사그러드는 불씨에 입김을 불어넣었다.

「아, 그러고 보니 부산에서 한번 봤다 카는 친구가 있었드랬는데…… 뭐 긴 얘길 나눴던 건 아닌 것 같고…… 그냥 한번 보기만 했다 카드라.」

그에게 들을 수 있는 것은 그게 전부였다. 그러나 그것만으로 사실은 아주 큰 성과였던 셈이다. 어쨌든 하치우, 그는 이 땅에 살고 있다는 이야기가 되는 것이니.

나는 김호근에게 근처에 올 일 있으면 한번 들르라고 말하고 전화를 끊었다. 나는 전화를 끊으며 왠지 모를 안도감에 마음이 놓였다.

1988. 1.

눈이 내리고 있었다. 밤새 내린 눈으로 아침밥까지 설치며 제설 작업에 투입되어, 부대 밖 영외 도로며 영내 주도로, 초소 가는 길, CP 가는 길목까지 곳곳을 치우며 된 땀을 흘렸건만 또 눈이 내리고 있었다.

「씨펄, 정말 보지 본 좆처럼, 드럽게도 오는구만.」

공동으로 치워야 할 구역의 눈을 치우고 포반별로 포상의 눈을 걷어내다 잠깐 휴식을 취하고 있던 중이었다. 입담 센 김 상병이 휴식 중에 피우는 요놈의 담배 맛은 고년 보지 맛처럼 기맥힌 거라며, 자고로 여자 보지란 첫째가 협狹하고 둘째가 착搾하고 셋째가 온溫하며 넷째가 습濕해야 하는 거라는 둥 그것 예찬론을 한창 펼치고 있다가 하늘을 올려다보고는 툴툴거렸다.

하늘을 올려다보니 정말 어느새 열리는가 싶던 하늘이 짙은 회색으로 변해 있었고 그 짙은 회색을 배경으로 성긴 눈발들이 풀풀 날리고 있었다. 김 상병의 말도 무리가 아닌 것이 그곳 골짜기의 눈은 지독하게 많았다. 오죽했으면 저주받은 땅이라고 했을까만 그렇듯 쌓인 눈을 겨우 치웠다 싶으면 어김없이 하늘은 눈공장이라도 되는 듯 그 골짜기에 또다시 눈을 뿌려댔다.

서울도 지금 눈이 오고 있을까, 문득 그런 생각이 들었다. 그만큼 나는 서울이 가까이 느껴지고 있는 것이었다. 포다리 사이에 포반원들과 앉아 같이 담배를 피우고 있던 나는 자리에서 일어섰다. 내가, 깔고 앉았던 넉가래 손잡이에서 엉덩이를 들고 일어서는 중에도 포반의 막내인 김 이병이 김 상병에게 근데 고, 협하고 온하고 습하다는 게 뭡니까? 물었고, 김 상병은 그런 그가 귀여워 죽겠다는 듯, 하 고놈 지도 남자라고 어쩌구 하며, 그건 말이지 자고로 협이란…… 하며 어느새 다시 눈이 시작되었다는 것도 잊은 채 썰을 풀어내고 있었다.

포상 옆에는 도랑이 흘렀는데 이제는 얼음이 얼어 있는 그곳 위에도 어김없이 눈이 백설기처럼 소담하게 얹혀져 있었다. 그 도랑에 서서 오줌을 누던 나는 문득 김 상병의 이등병 시절 에피소드 한 토막을 생각하곤 웃음 지었다.

김 상병이 전입 온 지 얼마 안 돼 이곳 포상에서 포 수입을 하고 있다 잠깐 사라졌는데, 조금 있다 군기순찰에게 목덜미를 잡혀 포상으로 들어섰다. 이야기를 듣고 본즉 김 상병은 뒤가 급해 막사 화장실까지 갈 시간이 없어 실례할 곳을 찾아 자리를 잡고 앉은 곳이 바로 도랑을 가로질러 놓인 다리 밑이었다. 다리라고 해야 4미터 남짓 길이에 넉 자 정도 좁은 폭의 것이었는데, 김 상병은 닭이 머리만 감추면 온몸을 감춘 것으로 착각하는 것처럼 머리 위가 가려짐으로써 전부가 가려졌다고 생각했는지 안심하고 엉덩이를 까내린 뒤 일을 보기 시작했던 것이다. 그러나 때마침 저만치 위병소를 향해 가던 군기순찰의 눈에는 그 장면이 훤히 들어가 버렸던 것이다. 그날, 이제 전입 온 지 얼마 안 되는 이등병이라는 점을 참작해 달라고 겨우 군기순찰을 달랬는데, 울상이 되어 있는 김 상병을 보고 군기순찰은 장난이 동했던지, 험악한 얼굴로 '내가 왜 이러지 사회에선 안 그랬는데'를 열 번 복창하면 봐주겠다고 했다. 김 상병은 포상에 부동자세로 서서 '내가 왜 이러지 사회에선 안 그랬는데'를 복창해야 했다. 그런 김 상병이 어느새 포대 고참이 되어 포반을 이끌고 있는 것이다. 군대는 참 재미있는 곳이기도 하다, 고 생각하며 한참 김 이병에게 음담패설을 강의하고 있는 김 상병을 돌아보는 참이었다.

눈발은 훨씬 굵어졌고, 영락없이 대공초소로부터 '전달' 하는 소리가 들려왔다. 포상의 이쪽저쪽에서 '전달'을 복창하는 소리가 들려왔고 대공초소에서는 '막사 앞으로 전원 집합' 하는 소리가 들려왔다. 또 제설 작업이 시작되는 것이다.

막사 앞에 이르자 인사계는 병력들이 올라오는 족족 작업 배치를 하고 있었고, 지시를 받은 병사들은 삼삼오오 자신이 맡은 구역으로 향해 가고 있었다.

「이 병장도 눈 좀더 치우게?」

걸어오는 나를 보고 인사계가 아는 체를 했다.

「말년에 떨어지는 낙엽도 조심한다는데, 이제 그만 쉬지.」

상황판을 들고 인사계 옆에 섰던 임 하사가 거들고 나섰다. 특명을 받고 제대 날짜가 가까워오면 모두가 자기 일처럼 조금씩 배려해주는 게 이곳의 인정이기도 했다.

「집에 가면 언제 또 이런 눈 보겠습니까? 실컷 보고 가죠.」

대거리를 하며 아직까지 작업장으로 팔려가지 않은 병사들을 보니까 그 속에 김영수도 끼어 있었다.

「인사계님, 제가 하나 데리고 초소길 맡죠.」

먼저 나서자, 인사계가 그러든가, 했다. 나는 김영수를 데리고 대공초소를 향해 갔다. 김영수는 넉가래를 들고 있었고, 나는 싸리비를 어깨에 메고 있었다.

연병장을 가로질러 가는 도중 김영수가 물었다.

「그냥 내무반에 계시지, 사서 고생을 하십니까?」

그런 김영수를 돌아보자, 이젠 제법 노련한 군인 티가 났다.

「왜, 나랑 작업하는 게 마음에 안 들어?」

「이 병장님도 참…….」

김영수가 머리를 긁적였다.

「가만히 있으면 쓸데없는 생각이나 생기고, 이렇게 움직여야 시간도 잘 가지.」

눈발은 훨씬 굵어졌고 따라 걷는 김영수의 드러난 뺨이 붉게 얼어 있었다.

「귀가리개 내리지 그래.」

방한모의 귓털을 올리고 있는 그의 뺨으로 눈발이 흩어지고 있었다.

「괜찮습니다.」

나는 일찌감치 귓털을 내려두고 있었지만, 이제 겨우 계급이 일병인 김영수가 나처럼 했을 때 당장 고참병들로부터 '군기가 빠졌다'는 소리를 듣게 될 게 뻔했다. 나는 더 이상 강요하지 않았다. 이제는 그로서도 모든 걸 이곳의 규칙과 관습에 맞게 스스로 판단하고 행동해야 할 것이었다. 그러다 보면 상병도 달고 병장도 되어 남들처럼 집으로 돌아갈 수 있을 것이었다.

초소목에 다다르자, 증가초소로 향해 가는 길은 이미 작업이 진행되고 있었다.

「한발 늦었군, 자 시작해보자.」

김영수가 바리캉질을 하듯 넉가래로 중간을 갈라 갔고 나는 가위질을 하듯 나머지 눈들을 좌우로 쳐올리기 시작했다.

「갈참 병장님!」

대공초소에서 부르는 소리에 허리를 펴자 초소 위장막 밖으로 나와 있던 초병 둘이 손을 흔들었다.

「수고하십시다!」

삼포의 한 상병과 하나포의 이 일병이었다. 방한피복에 귀가리개를 한 그들의 뚱한 몸집이 눈 속에 버려진 곰 같았다.

「고생 많다.」

나도 손을 흔들어주었다.

묵묵히 넉가래질을 하는 김영수의 뒤를 따라 비질을 해가다 뒤를 돌아보자 이미 쓸고 지나온 저 아래쪽은 다시 눈이 덮여가고 있었다. 그걸 모르지 않으면서도 끊임없이 쓸고, 또 쓰는 것이 이곳 생활이었다. 전쟁이 없는 군대는 그런 것이었다.

「조금 쉬었다 하자.」

나는 김영수를 불러 세웠다. 우리는 근처의 탄약고 처마 밑으로 들어가 자리를 잡고 앉았다. 사람 키만 한 높이의 방벽이 둘러쳐져 있어 빗겨 치는 눈발도 피할 수 있는 아주 맞춤한 곳이었다. 내가 담배를 하나 빼물고 갑을 내밀자 김영수가 눈짓으로 옆의 표지판을 가리키며 말했다.

「피우면 안 되잖습니까?」

표지판에는 담배 개비에 붉은 색으로 X표를 한 화기 금함 표시가 있었다.

「저런 거 안 지켰다고 죽을 것 같았으면 여기 살아남은 사람 하나도 없겠다.」

김영수가 머리를 긁적이고 나서 담배를 빼어 물었다. 우리는 말없이 담배를 피웠다. 하늘은 갈수록 어두워만 가고 있었다. 이대로라면 눈은 오늘 밤까지도 계속될 것 같았다.

김영수와 나는 초소에서 있었던 그 일 이후 별로 말을 나누는 편은 아니었다. 이전처럼 나는 김영수에게 표 나게 신경을 쓸 수도 없었고, 김영수도 그런 걸 원치 않는 것 같았다. 언제나 우리는 서로를 의식하면서도 소원한 척하는 그런 이상한 관계로 발전해 있었던 것이다.

「전역 축하합니다.」

반 개비쯤의 담배가 재가 되었을 쯤이었다. 김영수가 웃는 얼굴로 말했다.

「가야 가는 거지 뭘.」

나도 웃으며 농담처럼 받았다. 가야 가는 거지라는 말, 군대에선 누구나 입에 달고 사는 말이었다. 대단히 규칙적인 것 같으면서도 그렇지 못한 곳이 군대였다. 내일 휴가 출발을 앞두고도 오늘 비상이 걸려 취소가 되는 경우가 태반이었고, 특명을 받아놓고 아주 사소한 문제로 신고가 늦어져 제대를 못 하는 경우도 간혹 있는 일이었다. 나는 아직까지도 이십여 일이 남아 있었고, 그때까지 쿠데타가 일어난다거나 내전 상황과 다름없는 계엄령이 선포된다거나, 북의 전면적인 도발이 없을 거라는 보장은 어디에도 없는 것이었다. 나는 좀 거창한 생각을 했다 싶어 실없이 웃음을 흘렸다.

「하치우 병장 있잖습니까.」

갑자기 생각났다는 듯 김영수가 불쑥 내놓은 이름에 나는 흠칫 놀랐다.

「……?」

하치우가 떠난 지도 6개월이 다 되어가고 있었다. 그는 나보다 몇 개월 앞서 입대하기도 했지만 90일의 교련교육 혜택이 있었기에 그보다 훨씬 일찍 제대했다. 김영수가 부대로 돌아오기 얼마 전에 떠났으니까 꼭 모른다고 할 수도 없겠지만 나는 다른 누구도 아닌 김영수의 입에서 하치우라는 이름이 나오자 놀란 것이었다.

「김 일병이 그를 어떻게 알지?」

「서 중사랑 함께 지내던 부대에서 운전병에게 들었습니다. 그하고는 자주 만나게 되니까 얼굴도 익히게 됐는데, 하루는 그가 서 중사 몰래, 하치우를 아느냐고 물었더랬습니다. 모른다고 하자, 나하고 같은 부대에 있던 선임인데, 나처럼 그곳을 한번 다녀간 적이 있다고 말입니다.」

「그랬군…….」

「어떤 사람이었습니까?」

「……?」

나는 하치우를 떠올렸고 그가 어떤 사람이었을까 생각해보았지만, 그 자리에 앉아 그를 설명한다는 게 불가능하다는 생각을 했다. 그는 어떤 사람이었을까. 말년에 들어서는 경제 원서를 읽으면서도 학교로는 돌아가지 않겠다며 사회로 나간 사람. 자신의 A급 군화와 군복을 낡아빠진 내 C급 전투화와 군복으로 바꿔 입고 떠난 사람. 자리를 잡으면 연락하겠다고 했지만 아직까지 아무런 소식이 없는 사람. 그럼에도 반드시 만날 사람처럼 간단히 '나 먼저 갈게', 하고 떠나간 사람.

「그를 설명하긴 힘들 거 같고, 아무튼 지금은 무사히 돌아간 사람인 건 확실하지.」

말하며 나는 이제는 꽁지까지 타들어간 담배꽁초를 눈앞의 눈 속으로 툭 튕겨 넣었다. 김영수가 다시 침묵을 지켰다.

「미안하군.」

잠깐의 침묵이 흐른 뒤 내가 어렵게 입을 열었다.

「……?」

「전혀 힘이 되어주지 못하고 나 혼자 떠나는 것 같아서.」

「아닙니다. 이 병장님이 없었다면 전 지금까지도 견뎌내기 힘들었을 겁니다.」

김영수가 애써 웃음을 그려 보이며 말했다.

「그래 다 잊고, 자세히 보면 주변이 다 좋은 사람들이야. 어려운 일 있으면 서로 의지하고…… 거꾸로 매달아둬도 국방부 시계는 돈다, 그러잖아. 누가 아무리 시간을 묶어두려 해도 그럴 순 없는 거니까…… 김 일병도 금방 나가게 될 거야. 나처럼.」

「알고 있습니다. 이젠 저도 이 겨울을 한 번만 더 나면 나갈 수 있다고 매일 생각하고 있습니다.」

김영수가 어설프게 웃었다.

「그래, 그러면 되네.」

김영수의 손에서 꺼진 꽁초가 한 발 앞의 해오라비 같은 눈덩이 위로 던져졌다. 회색 페인트를 뿌려놓은 듯한 하늘은 쉽게 열릴 것 같지 않았다. 식어버린 땀 탓인지 가벼운 오한이 일었다. 우리는 누가 먼저랄 것도 없이 몸을 세웠다. 김영수가 다시 앞서 넉가래질을 시작했고 그의 뒤를 따르며 나는 거칠게 비질을 해댔다.

2000. 3.

정치권은 며칠 사이 거대한 지각변동을 일으키며 소용돌이치고 있었다. 시민단체의 '낙천자 명단'은 거의 철저히 무시당했다. 여당은 여당대로 야당은 야당대로 자신들의 이해관계로 그 명단을 이용했을 뿐이었다. 그렇게 따지고 보면, 그 낙천자 명단이 아무 역할을 못했던 건 결코 아니었다. 그로 인해 한때 이해관계에 의해 모여들었던 야당의 계파 보스들은 그에 따른 공천 결과를 두고 다시 이합집산을 이루었던 것이다. 단지 선거를 위한 당이 급조되었는데, 그 신당의 대부분은 이른바 정권을 잃은 '보수' 당에서 벌어진 일이었다.

신문의 경제란은 그 와중에도 온통 주식에 관한 소식으로 도배를 하고 있었는데, IMF라는 국가부도 사태를 겪은 지 몇 년 되지 않는 시점임에도 새로운 년대의 시작이라는 시간적 착시감까지 더

해져, 종합지수 세 자릿수 시대에 1,500포인트가 눈앞에 있다는 애드벌룬을 띄우기 바빴다. 따지고 보면 그 국가부도 사태는 전 정권이 만든 것이었고, 그것의 해결은 이번 정권이 해낸 셈이었음에도 모든 언론과 야당 정치인들은, 마치 지금의 정권으로 인해 이 나라가 망하기라도 한다는 듯이 호들갑을 떨고 있는 셈이기도 했다.

신문을 보고 있노라면 이 사회는 그렇게 왜곡된 정치와 주식만으로 돌아가는 것 같았다. 편집장도 아침에 그런 말을 했다. 요즘은 주식이라는 글자가 들어간 책 말고는 팔리는 책이 없는 것 같다고. 아마 그의 말은 전혀 과장된 게 아닐지도 몰랐다.

신문이 소설보다 재미있는 시대, 우리는 그런 시대를 살고 있는 것이었다.

오후에 정 기자가 갓 나온 잡지를 가지고 사무실을 찾았다.

「제본소에서 금방 뽑아 나온 책이야.」

나는 그가 넘겨준 이번 호 잡지를 받아들었다. 내가 쓴 '가슴속에 묻어둔 이야기'는 책의 뒷부분에 다섯 페이지에 걸쳐 실려 있었다.

다시 그 글을 읽으면서 마음이 불편해졌다.

나는 그의 죽음이 결코 자살일 수 없다고 말했다. 물론 타인에 의해 살해당했다는 증거는 어디에도 없었다. 한 법의학자는 죽은 자는 반드시 진실을 남긴다고 말했지만 지금은 아무것도 남은 게 없으니 진실은커녕 어떤 추측조차 불가능해진 것이다. 나는 그것을 끝내 다 읽지 못하고 책을 덮었다. 의아한 눈길로 바라보는 정 기자를 무시하고 나는 화제를 돌렸다.

「정 의원 수사를 중단한다며?」

신문 한 귀퉁이에는 '총선을 앞두고 출마 예정자를 조사할 경우 선거에 영향을 끼칠 우려가 있으므로 조사 자체를 총선 이후로 미루는 것이 바람직하다'는 검찰 관계자의 말을 인용해 정 의원의 재소환을 선거 이후로 미루겠다는 보도가 있었던 것이다.

「그렇다지.」

「도대체 이 땅에 살아 있는 게 뭐야. 정치도 법도 언론도…….」

「질기게 살아 있는 게 있긴 하잖아.」

「그게 뭔데?」

「지역감정. 빨갱이라면 만사 해결인 용공조작. 어제 오늘 일도 아닌데. 이 사장 오늘 왜 그래, 갑자기?」

나는 대답 대신 일어서며 말했다.

「갑시다.」

정의환이 일어나며 물었다.

「어딜?」

「낮술이라도 한잔하지 않으면 못 견딜 것 같군. 나가자구.」

1988. 2.

자유였다. 군번, 둘삼둘삼칠오삼공(23237530)의 자유.

「신고합니다. 병장, 이윤은 일천구백팔십팔년 이월 십구일부로 전역을 위한 전출을 명, 받았습니다. 이에 신고합니다!」

신고를 마치자 대대장이 악수를 청하며 웃었다. 2년 임기인 그도 이곳 대대에서만으로 치자면 말년에 속했다. 이전에 빼앗은 책들에 대해서는 유감스럽게 생각하네. 사회에 나가면 다 잊고 잘 살게. 시간이 허락하면 놀러 오게, 내 한잔 사지.

대대장의 말에 나는 착한 학생처럼 예 알겠습니다, 했다. 개인적으로는 일병 시절, 불온서적 건으로 딱 한 번 대면한 사이였음에도 그는 500명이나 드나드는 대대병력 가운데서 날 기억하고 있었다. 대대장은 결코 미워할 수 없는 사람이었다. 단지 상부에서 내려보낸 불온서적 리스트에 올라 있다고 해서 남의 책을 빼앗아 간 행위에 대해서는 국가를 대신해서 사과할 줄도 아는 그를 어떻게 미워할 수 있을 것인가. 그러나 미워할 수 없는 대대장이었지만 그의 말에 따를 생각은 추호도 없었다. 이곳을 나가 집으로 돌아간다면 나는 우선, 모든 것을 잊고 한 일주일쯤 푹 잠을 잘 생각이었으며, 이후 깨어나서는 빼앗겨버린 책들은 물론 그보다 더한 불온서적들도 보란 듯이 사서 거리를 활보하며 읽을 것이었다. 더군다나 저주받은 이 땅을 소풍 오듯 다시 찾을 생각은 눈곱만큼도 없었음은 물론이었다.

「이 병장님 안녕히 가십시오.」

「휴가 가면 전화 드릴게요.」

「잘 가라 이윤, 이제 사회인인데 말 놔도 되지. 서울서 보자.」

대대를 떠나기 앞서 병사들은 먼저 작업장으로 향했고, 이제 이곳을 먼저 떠나가는 내가 등을 보이지 않아도 좋았다.

「수고들 해라, 나 간다.」

구 병장에게, 임 하사에게, 김영수에게, 조명수에게 그 밖의 모두에게 나는 인사했고, 그곳을 떠났다.

그렇게 해서 스물 시대의 3년을 투자해서 맞바꾼, 23237530이 찍힌 병역수첩과 입대하면서 저당 잡힌 주민등록증을 되돌려 받았고, 나는 서울로 돌아왔다.

1988. 3.

그해, 봄은 쏜살같이 지나갔다. 공교롭게도 나는 내가 군대에서 뽑은(?) 대통령의 취임식을 집에서 TV로 지켜볼 수 있었다. 새로운 임기를 시작하는 대통령은 낡은 권위주의의 청산을 선언했다. 청와대에서는 각하라는 호칭이 사라지고, 관저에는 원탁의 회의실이 마련되었다는 소식도 들렸다.

백만 인파의 운집을 출마의 변으로 삼았던 두 야당 지도자는 패배 후 어디에서도 얼굴을 보기 힘들었고, 사회는 급속한 소용돌이에 휩싸인 듯했다. 자신들이 따낸 거리에서의 승리에 만족해 있던 많은 사람들이 이게 아닌데, 아닌데, 하는 사이 다시 선거판이 벌어졌고, 국민들은 다시 두 야당 지도자들이 이끄는 당의 후보들에게 표를 나누어줌으로써 이 땅의 개원 사상 초유의 여소야대 국회를 만들어주었다.

그렇게 활시위를 떠난 듯 날아가고 있는 시간의 화살 위에서 나는 무엇을 하고 있었던가. 긴 겨울잠을 자고 난 듯, 비로소 나는 이제 내가 이 사회에서 살아가야 할 방향에 대해 구체적으로 고민하게 되었고, 그에 따라 내 몸을 거기에 맞추어가기 시작했다.

우선 무엇보다 대학을 졸업해야 했기에 복학을 준비했다. 그즈음 상규는 무슨 사유로서였는지(실은 그 사유라는 것도 대개 의미가 없는 것이었기에 들었음에도 기억이 나지 않는다) 수배되었다 체포되었고 형을 살았기에 군은 면제되었으며 학교는 제적된 상태로 학교를 떠나 있었다. 수연 역시 이미 졸업을 해버린 뒤였는데, 둘로부터는 연락이 없었고 나 역시 이전처럼 연락을 취해볼 생각은 들지 않았다.

어느 날인가 늦은 밤 어머니로부터 넘겨받은 수화기를 통해 전해오던 깊은 동굴 속 같은 침묵이 수연이었는지 확신할 수는 없지만 그게 그녀와 나눈 마지막 대화이기도 했다.

예비역, 조금은 닳고 낡아 보이는 모습으로 이방인처럼 캠퍼스를 떠도는 늙은 학생의 모습은 나 역시 예외일 수 없었다. 복학 후, 후배들과 전혀 자리를 함께하지 않은 것은 아니었지만, 군대를 경험하지 않은 그들은 역시 어려 보였고, 그들을 이해하려고 애쓰지 않는 한 따로이 어울릴 필요가 없었으므로, 나는 혼자일 수 있었고, 그래서 더욱 좋았다. 처음 한동안 내 어쭙잖은 소설 쓰기를 기억하고 있던 교수나 친구들은 '소설은 안 쓰나?'는 관심을 보이기도 했지만, 그것도 잠시였다.

나는 새벽 5시면 어김없이 집을 나서 도서관 창가에 자리를 잡고 앉았고, 영어 단어와 일반 상식을 외우며 그 세월을 보내고 있었다. 새로운 대통령이 들어섰다고는 하나, 여전히 학교나 거리의 최루가스는 사라지지 않았고, 지하철역 입구에는 당연한 듯이 학생들의 가방을 뒤지는 청기지의 사내들이 서 있었고, 군부독재라는 말도 여전한 세월이었다. 그런 생활의 얼마 만인가.

「같이 군대 생활하던 친구라던데, 전화 좀 달라더라.」

평소처럼 10시가 넘은 늦은 밤 집으로 돌아오자 어머니는 전화번호가 적힌 메모를 넘겨주었다.

「어제도 왔었는데, 내가 깜박했구나.」

메모지를 보니 전혀 낯선 번호였다.

「누구라는 말은 없었어요?」

「조…… 뭐라 그랬는데, 잊었다.」

그즈음 어머니는 내색은 않았지만 기억력이 많이 흐려져 있었다. 전화를 넣자 저쪽에서, '아마데우스'입니다, 하는 여자 목소리가 들려왔다. 음악소리가 섞여 있었다. 카페인 듯했는데, 그렇다면 그 시간의 손님 중에 한 것은 아닐까 하는 생각을 하면서도 혹시나 해서 물었다.

「그쪽으로 누가 전화를 달라고 해서요. 전 이윤이라는 사람인데요.」

그러자 여자는 내 이름을 한번 읊조리더니 잠깐만요, 했다. 그러고 사장님, 이윤 씨라는데요, 하며 누군가를 불렀다. 사장? 전하기

속에선 빈센트가 흘러나오고 있었다. 나우 아이 언더스텐드 왓 유 트라이 투 세이 투미, 앤 하우 유 서퍼…… 잠시 후 수화기가 누군가의 손에 건네졌고, '이 병장이야?' 하는 소리가 들려왔다. 그때까지도 나는 아직도 이 병장이란 말에 그리 어색해 있진 않았던 모양이다.

예, 그렇습니다 하자 그가 저편에서 나, 조관우야, 했다.

「아, 조 병장님!」

나도 아주 자연스럽게 병장이라는 호칭이 튀어나갔는데, 그러면서도 저편에서 대놓고 말을 놓는 게 조금 묘했다. 그와는 3년 가까운 시간 한솥밥을 먹으며 지내긴 했지만 그닥 가까이 지낸 사이는 아니었다. 그런 그가 전화를 걸어온 것이 처음엔 의아했다.

「어떻게 지내? 복학했다며, 어머님께서 그러시데. 학교생활은 할 만하고?」

쉴 새 없이 물어대는 그의 물음들에 나는 형식적으로 간단히 대답했다. 그는 꽤 예의 발라 보였고, 대단히 친한 친구 사이처럼 굴었다. 그는 말끝에, 여기 잠실인데 한번 놀러오지 그래, 하곤 말했다.

「작은 호프집을 하나 냈어, 오면 술은 무한 제공, 괜찮은 애들도 있고.」

나는 축하드린다며 위치를 묻고는 시간 나면 꼭 들르겠다고 대답했다. 그러곤 통화를 끊으려 했는데 그가 할 말이 더 있었는지, 다시 아참, 이 병장 하고 불렀다.

「나만 보고 싶은 게 아니고, 치우가 한번 만났으면 하더라. 하하,

사실은 치우가 내게 너랑 약속을 잡아달라고 했어. 네 번호를 내가 어떻게 알았겠냐.」

「……?」

그제야 나는 그가 하치우의 동기였다는 걸 떠올렸고, 이번엔 내가 조급해져서 되물었다.

「하 병장이 연락이 된다고요? 지금 어딨는데요?」

「와서 만나봐. 내가 얘기해주는 것보다 그게 낫잖아.」

나는 이틀 후 저녁 시간으로 날짜를 잡았고, 다시 한번 위치를 확인하고는 전화를 끊었다.

내가 잠실의, 석촌호수 근처 '아마데우스'를 물어물어 찾아갔을 때는 8시가 조금 넘은 시간이었다. 가을해는 그리 짧지 않아서 어둑신하긴 해도 잔광이 남아 있는 시간이었다.

「이게 누구야, 이젠 지나쳐도 못 알아보겠군.」

5층 건물의 2층에 자리 잡은 그곳 유리문을 열고 들어서자 나를 반기는 조관우의 말마따나 그 역시 많이 변해 있어서 자세히 보지 않으면 잘 알아보지도 못할 지경이었다. 그 짧았던 머리는 장발에 가까웠고, 단색의 제복 입은 모습만 보아왔던 그는 넥타이를 맨 와이셔츠 차림이었다. 하치우는 그때까지 와 있지 않았다.

「치우는 좀 늦는다고 기다려달라고 하더라. 먼저 한잔하자.」

조관우가 직접 마른안주에 맥주를 챙겨 나왔고 우리는 그것을 마시며 하치우를 기다려야 했다. 조관우는 가끔 손님을 치르느라 일어서면서도 이제는 떠나온 군대에 대해 많은 걸 궁금해했고, 고작 3개월을 더 있었던 나는 성심껏 답을 해주었다.

「그래도 그때가 좋았어. 그렇지 않아? 먹여주지 재워주지, 밖에 나가면 뭔가 대단한 미래가 기다리고 있을 거란 희망이 있었는데 말야……」

하치우는 9시가 넘어서도 오지 않았다. 그즈음 홀 안은 퇴근 후 찾아든 손님들로 북적거렸고, 나는 창가의 가장 좋은 자리를 혼자 독차지하고 있는 셈이어서 계속해서 앉아 있기도 조금 미안했다. 가끔씩 서빙하는 아르바이트생이 내게 더 필요한 게 없는지를 물어오곤 했지만 나는 그만 일어서야겠다고 생각하며 마지막으로 출입구를 돌아본 참이었는데, 그때 마침내 그가 들어서고 있었다. 머리는 귀를 덮었고, 물 낡은 곤색의 점퍼 차림이었지만 나는 그를 한눈에 알아볼 수 있었다. 군대에서의 그는 적당한 살집의 체형이었는데, 지금의 그는 조금 말랐다고 해야 할 것 같았다.

어찌 되었건 나는 그를 한눈에 알아볼 수 있었다. 반가운 기분에 나는 일어서서 그가 다가오길 기다렸다.

「오랜만이다.」

「잘 지냈어요?」

우리는 악수했다. 우리는 서로를 바라보며 빙긋이 웃었다.

「자, 앉자, 앉아. 우희 씨 여기 잔 하나 더 가져다줘요.」

조관우의 재촉에 따라 우리는 다시 자리를 잡고 앉았고, 서로의 술잔을 채웠다.

「복학했다는 소린 들었어. 학교로 한번 찾아갈까 했는데 차일피

일했네.」

「어떻게 지냈어요? 끝내 학교로 돌아간 건 아닌가 보죠?」

「응, 아직은.」

「아직은이라면 학교로 돌아갈 생각이 있다는 거네…….」

내 말에 하치우가 예의 그 사람 좋은 웃음으로 씨익 웃는 것으로 대답을 대신했다.

「서울에 있는 거예요? 예전처럼 쫓기거나 하는 건 아니죠?」

「아냐, 쫓기긴……. 구로에 있어. 거기서 일해.」

너무나 태연히 말하는 그였기에 나는 무슨 일을 하느냐는 따위도 물을 수 없었다.

그러고 보니 우리는 특별히 할 얘기도 없었다. 호헌은 철폐되었지만 눈속임에 불과한 것 같다는 그의 말마따나 특별히 변한 것도 없는 것 같은 사회에 대해 잠깐 이야기를 나누었고, 복학한 내 학교생활에 대해 조금 이야기를 나누었다.

나는 망설이다, 김영수를 화제에 올렸다.

「김영수라고 기억하세요?」

하치우가 조금 생각하는 눈치더니 고개를 끄덕였다.

「언젠가 학교 후배가 한 명 전입해 왔었지? 얼마 안 있다 전출해 갔고. 그 친구 이름이 김영수였지?」

나는 고개를 끄덕여 보이곤, 김영수에게 들은 얘기를 그에게 길지 않게 옮겼다.

「…….」

놀란 표정으로 나를 바라보던 하치우는 미처 입을 열지 못하고 잠시 반쯤 채워진 잔을 만지작거리며 말했다.

「녹화사업이라 그러지 아마. 운동권 학생들을 강제징집해서 그들 표현대로라면 정신을 정화시키겠다는 건데, 그들을 프락치로 활용하기도 하는 모양이더군.」

「괜찮을까요……?」

내 물음에 하치우는 고개를 끄덕였다.

「괜찮을 거야. 이제 어려운 과정은 넘긴 듯한데…… 실제로 그런 과정을 이겨내고 나온 사람도 제법 있는 모양이더군……. 미친 시대지.」

우리는 그 후 몇 병의 맥주를 더 비웠다. 특별히 기억나는 이야기는 없었다.

하치우는 11시가 다 되어서 가봐야겠다며 자리를 털고 일어섰다

「야근 중이야. 잠시 시간을 내서 나왔어.」

우리는 조관우와 언제 다시 보게 될지도 모를 기약을 하고 술집을 나섰다.

노선버스를 기다리며 우리는 말없이 차량의 전조등들이 물결처럼 흐르는 8차선도로를 오랫동안 바라보았다. 내색할 수는 없었지만 나는 굽을 줄 모르는 그의 삶이 안타까웠고, 그는 적당히 휘어지며 카멜레온처럼 보호색을 치는 내가 안타까웠을 것이다. 서로가 가야 할 길은 너무나 달랐고, 어쩌면 이제는 더 이상 이전처럼 서로에 대한 그리움으로 상대를 찾을 것 같지 않으리라는 것을 은연중

깨닫고 있었는지도 모른다.

버스가 도착했고 하치우는 웃으며 손을 내밀었다. 나도 웃으며 그 손을 잡았다.

우리는 마치 내일이라도 다시 만날 것처럼, 특별한 인사도 하지 않았고, 기약도 하지 않았다. 그는 그렇게 떠났고 나는 남아 있었다. 나는 돌아서 지하철역을 향해 걸으면서 왜 우리는 그렇듯 통제되고 획일화된 사회에서는 그렇게 할 얘기가 많았었는데, 이렇듯 자유로운 세상에선 특별히 할 얘기가 없어진 것일까를 생각했다.

나는 불현듯 그 시절이 그리워졌고, 방금 헤어진 하치우가 문득 그리워서 뒤를 돌아보았는데, 당연히 거기엔 그가 있지 않았다.

조금 이른 시간임에도 택시를 잡기 위해 도로로 뛰어들어 '따블'을 외치는 술 취한 사내만이 남아 있을 뿐이었다.

1996. 5.

대학을 졸업하고 이른바 대기업인 H그룹 계열사에 입사한 나는 외국을 상대해 제품들의 저작권을 관리하는 부서에서 일했다. 2년 남짓을 근무했던 그해 여름 어머니가 돌아가셨다. 나날이 눈코 뜰 새 없이 바빴던 어느 날 야근 중에 누이에게 소식을 듣고 병원으로 달려갔을 때 어머니는 이미 이 세상 사람이 아니었다. 급작스러운 심장마비로 유언 한마디 남기지 않으신 채였다. 아마 아버지 곁으로 가신 듯했다. 염을 해둔 어머니의 얼굴을 오래 바라보았는데, 열은 미소를 띤 어머니의 얼굴은 평온해 보이기까지 하셨다.

나는 어머니가 돌아가시고 얼마 지나지 않아 다니던 직장을 그만두었다. 모두가 최고의 직장이라고 치켜세웠지만 더 이상은 도저히 그 속에 나를 맞추기 힘들었다. 그즈음 지금의 아내인 지영을 만났는데, 내가 H그룹을 그만두고 출판사에 취업을 하겠다고 하자 처음엔 조금 놀라는 눈치더니, 이해한다는 말을 해주었다. 나는 나를 이해해준 그녀와 얼마 후 결혼했다. 결혼식은 조촐하게 치렀다. 그럼에도 그때 불현듯 하치우가 생각나 옛날의 기억을 되살려 나는 '아마데우스'로 전화를 넣었지만 그곳은 또 다른 가게로 변해 있었고, 조관우도 떠나고 없었다.

그리고 얼마나 지났는지 모른다. 퇴근 후 백화점에서 지영을 만나 에스컬레이터를 타고 막 위층으로 솟아올라가고 있던 중이었다.

「저기…….」

누군가 아는 체를 하는 통에 뒤를 돌아보자 조금 낯익은 사내 하나가 서 있었다.

「혹시 이 병장님?」

팔짱을 끼고 있던 지영이 나를 올려다보는 눈길이 느껴졌고, 완전히 낯설지 않은 그 사내는 긴가민가하는 얼굴로 나를 바라보고 있었다.

「맞는데, 누구시더라?」

내가 확신이 서지 않는 얼굴로 되묻자, 그가 큰 소리로 말했다. 접니다, 조명수예요, 했다. 그제야 나는 내가 제대 무렵 일병 계급을 달고 앳된 얼굴을 하고 있던 조명수의 얼굴을 기억해냈고, 그 사내의 얼굴 위로 조 일병의 얼굴을 겹쳐 놓을 수 있었다.

「아, 그렇군요. 반갑네요!」

나도 진심으로 반가운 마음에 손을 내밀었고 우리는 악수를 나누었다.

우선 아내 혼자 매장을 둘러보기로 하고 조명수와 나는 백화점 8층의 커피 라운지에서 차를 마셨다. 무엇을 하느냐고 묻자, 조명수는 근처의 H증권에 있다고 말했다. 비록 다른 계열사였지만 한때는 같은 회사에 다녔던 셈이지만 나도 한때 그 그룹을 위해 일했다는 따위의 말은 하지 않았다. 우리는 곧 우리가 함께 떠나온 그 눈 많던 싸릿골의 카키색 사회 이야기를 떠벌렸다. 오랜만의 그곳 이야기는 유쾌하고 즐겁기까지 했다.

그러다 문득 나는 김영수를 떠올렸고 그에 대해 물었다. 그때쯤의 나는 적어도 그에 대한 어두웠던 기억을 떠올리거나 해서는 아니었다. 그저 아주 자연스럽게 그와 비슷한 시기에 카키색 사회의 말년을 함께 보냈을 것 같아 물었던 것이다.

내 물음에 조명수의 얼굴에 잠깐 난감한 빛이 스치고 갔는데, 그때까지도 나는 전혀 다른 생각을 하지 못했다.

「몰랐겠군요…….」

「……?」

의아한 표정으로 그를 바라보고 있자니 그의 입에서 불쑥 이런 말이 뱉어졌다.

「자살했어요. 그곳에서.」

나는 그 순간 아, 하는 신음을 토해냈고 들고 있던 커피잔이 크게 흔들렸다.

「이 병장님도 잘 아시겠지만, 그 친구는 그곳 생활에 잘 적응을 못했던 것 같아요. 항상 말이 없었고, 전우들과도 잘 어울리지 못했거든요. 어느 날 행방불명되었었는데, 며칠 후 근처 산에서 목을 맨 상태로 발견됐어요.」

나는 조명수의 이야기를 들으면서 마지막으로 그와 나누던 이야기를 떠올렸고, 그런 그가 자살을 했다는 게 도저히 믿기지 않았지만, 무엇을 어떻게 더 물어야 할지 몰랐다. 조명수가 하는 다음 말들, 병도 좀 있었던 것 같고. 가족분들이 찾아와 항의하고 그랬지만, 그가 자살했다는 건 명백했으니까 금방 잊혀졌어요. 불쌍하죠. 군에서의 죽음이라는 게 정말 개죽음이던데…….

이후 조명수와 무슨 이야기를 얼마나 더 나누었는지 모르겠다. 정신이 들었을 때는 조명수는 가고 없고, 지영이 와서 앉아 있었다.

2000. 4.

얼마 전 정 기자는 급박한 목소리로 전화를 걸어왔다. 마침내 하치우를 찾았다는 것이었다. '그래? 어딘데, 뭘 하고 있어?' 내가 물었을 때 정 기자로부터 들려온 말은 조금 의외였다.

'그게 말이지…… 이번 총선에 출마했더만…….' 나는 내 귀가 조금 의심스러웠을 정도였다. '말이 되나? 그런데 그렇게 찾기 힘들었다고?' 내 물음에 정 기자가 말했다.

'개명을 했더라구. 하치우가 아니라, 하태경이야. 지역구가 부산이고.'

그제야 나는 모든 게 이해되었다. 정치인이 되었구나……. 나는 그럴 수도 있겠다는 생각이 들었다. 어쩌면 그건 그에게 정말 딱 맞는 일인지도 모를 일이라는 생각도 들었다. 이름을 바꾸었다는 것도 전혀 이상하게 들리지 않았다. 나 역시 뭔가 글을 발표해야 할 때는 필명을 쓰고 있을 정도이니.

아무튼, 그때 나는 정 기자의 말을 들었어야 했는지 모르겠다.

마침내 그의 소재를 확인한 뒤 나는 그를 만나러 가겠다고 말했다. 그러자 정 기자는 나를 만류했다. 그를 한번 찾아보는 게 어떻겠느냐고, 자기도 만나보고 싶다고 했던 건 분명 정 기자였다. 마침내 그를 찾아낸 것도. 그런 정 기자가 뜻밖에도 내가 그를 만나러 가겠다고 하자 꼭 그럴 필요가 있겠느냐고 말했을 때 조금 의아스럽긴 했다.

서울에 있는 것도 아니고 굳이 부산까지 내려가 그를 만날 필요가 있겠느냐는 말에 그럴까, 그만둘까 하는 생각이 들었던 것도 사실이다.

그런데 역시 그의 모습과 이름이 다시 뇌리에 입력되고 나자 궁금증이 이는 것은 어쩔 수 없었다. 나는 특별한 의미를 두지 않고 그를 한번 만나보고 싶었다.

마침내 정 기자가 그곳으로 취재 갈 일이 생겼다며 동행해주겠다는 말을 하고 나는 가능한 시간을 절약하러 공항으로 나갔다.

그렇게 향했던 부산에서 그의 사무실 위치를 알기 위해 전화를 넣었을 때, 전화를 받은 여자는 '위원장님은 지금 유세장에 나가고 안 계십니다' 했다.

급할 것도 없었지만 딱히 다른 볼일도 없었으므로 우리는 김해공항에서 그녀가 일러준 부산의 한 초등학교를 향해 택시로 달렸다. 우리가 도착했을 때 유세는 한창 절정에 이르러 있었다.

부산의 원흉 DJ당 타도, 부정부패 정권 심판, 영남정권 재창출 등이 쓰여진 피켓의 물결을 헤치고 연단이 보이는 곳까지 간신히 들어섰을 때, 거기 거짓말처럼 눈에 익은 한 사내가 열변을 토하고 있었다. 우리는 이 나라 민주주의를 위해 싸웠고 지금도 싸우고 있습니다. 지금 이 정권은 빨갱이 정권입니다. 이 나라의 안보와 부산의 발전을 위해 필요한 사람, 그 사람이 누구입니까? 그의 물음 한쪽에서 하태경, 하태경이 연호되고 있었다.

386세대의 총아, YS의 직계, 부산의 영원한 아들 '하태경'을 알리는 피켓들은 다양했다. 그것만으로 보면 그는 분명 대한민국의 영웅이었고 부산의 자존심이었고 YS의 아들이었다. 나는 말없이 그런 그를 바라봤고 너무나 낯설게 느껴지는 그가 정말 하치우인가 의심스러웠다. 정 기자도 묵묵히 유세를 지켜보고 있었지만, 그의 입에서 튀어나오는 '빨갱이' 같은 용어에는 나 이상으로 이질감을 느끼는 표정이었다.

유세를 끝마치고 보좌관들의 보좌를 받으며 사람들과 일일이 악수를 나누며 운동장을 벗어나는 하치우가 가까이 왔을 때 나는 황급히 정 기자 뒤로 몸을 감추었다. 그가 정 기자의 손을 잡으며 '386의 기수 하태경입니다. 잘 부탁드립니다.'라고 했고, 정 기자는 웃으며 '반갑습니다. 열심히 하십시오.' 했다. 정 기자의 등 뒤에서 고개를 숙이고 있는 나를 하치우가 못 알아봤을 것은 당연했다.

유세장을 나와 거제에 취재 계획이 있는 정 기자와는 그곳에서 헤어졌다. 자갈치시장에 가서 회라도 한 접시 하겠냐고 묻는 그에게 나는 그만두자고 말했다. 거제 취재원과 시간 약속이 되어 있는 그가 공연히 나를 생각해서 한 말임을 알고 있어서이기도 했다.

그곳에서 그는 시외버스터미널을 향해 갔고 나는 김해공항을 향해 다시 왔다. 하루 만에 부산을 왕복하는 셈이었다. 참 좁은 땅덩이였다. 이런 좁은 땅덩이에서 남, 북이야 그렇다 치더라도 부산이 어떻고 서울이 어떻고 광주가 어떻더란 말인가. 그런 생각도 잠깐 들었다.

안전벨트를 매달라는 안내방송에 나는 문득 정신을 차렸다. 나도 모르게 눈두덩에 손이 갔다. 피곤했다. 비행기가 점차 고도를 낮추어가고 있었다. 창밖으로 보이는 서울의 날씨는 맑았다. 그러나 비행기가 내려앉고 있는 상공은 뿌연 황사가 뒤덮여 있었다. 그것을 뚫고 김포공항에 착륙하면서 이제 내가 떠올린 얼굴은 다른 누구도 아닌 아내 지영의 얼굴이었다.

〈끝〉